AF202656

Tucholsky Wagner Zola Scott Sydow Freud Schlegel
Turgenev Wallace Fonatne

Twain Walther von der Vogelweide Fouqué Friedrich II. von Preußen
Weber Freiligrath Frey

Fechner Fichte Weiße Rose von Fallersleben Kant Ernst Frommel
Richthofen

Fehrs Engels Fielding Hölderlin Eichendorff Tacitus Dumas
Faber Flaubert

Feuerbach Maximilian I. von Habsburg Fock Eliasberg Zweig Ebner Eschenbach
Ewald Eliot Vergil

Goethe Elisabeth von Österreich London
Mendelssohn Balzac Shakespeare Dostojewski Ganghofer
Trackl Lichtenberg Rathenau Doyle Gjellerup
Stevenson Hambruch
Mommsen Tolstoi Lenz Droste-Hülshoff
Thoma Hanrieder
Dach von Arnim Hägele Hauff Humboldt
Verne
Karrillon Reuter Rousseau Hagen Hauptmann Gautier
Garschin
Damaschke Defoe Hebbel Baudelaire
Descartes
Wolfram von Eschenbach Hegel Kussmaul Herder
Darwin Dickens Schopenhauer Rilke George
Bronner Melville Grimm Jerome
Campe Horváth Aristoteles Bebel Proust
Bismarck Vigny Barlach Voltaire Federer Herodot
Gengenbach Heine
Storm Casanova Tersteegen Grillparzer Georgy
Lessing Gilm
Brentano Chamberlain Langbein Gryphius
Strachwitz Claudius Schiller Lafontaine
Kralik Iffland Sokrates
Katharina II. von Rußland Bellamy Schilling
Gerstäcker Raabe Gibbon Tschechow
Löns Hesse Hoffmann Gogol Wilde Vulpius
Luther Heym Hofmannsthal Gleim
Roth Klee Hölty Morgenstern
Luxemburg Heyse Klopstock Kleist Goedicke
Puschkin Homer
Machiavelli La Roche Horaz Mörike Musil
Navarra Aurel Musset Kierkegaard Kraft Kraus
Nestroy Marie de France Lamprecht Kind Kirchhoff Hugo Moltke
Ipsen
Nietzsche Nansen Laotse Liebknecht
Marx
von Ossietzky Lassalle Gorki Klett Ringelnatz
May Leibniz
vom Stein Lawrence
Petalozzi Irving
Platon Knigge
Sachs Pückler Michelangelo Kock Kafka
Poe
de Sade Praetorius Liebermann Korolenko
Mistral Zetkin

Der Verlag tradition aus Hamburg veröffentlicht in der Reihe **TRADITION CLASSICS**
Werke aus mehr als zwei Jahrtausenden. Diese waren zu einem Großteil vergriffen
oder nur noch antiquarisch erhältlich.

Symbolfigur für **TRADITION CLASSICS** ist Johannes Gutenberg (1400 — 1468),
der Erfinder des Buchdrucks mit Metalllettern und der Druckerpresse.

Mit der Buchreihe **TRADITION CLASSICS** verfolgt tradition das Ziel, tausende
Klassiker der Weltliteratur verschiedener Sprachen wieder als gedruckte Bücher
aufzulegen – und das weltweit!

Die Buchreihe dient zur Bewahrung der Literatur und Förderung der Kultur.
Sie trägt so dazu bei, dass viele tausend Werke nicht in Vergessenheit geraten.

Schatten

Ossip Schubin

Impressum

Autor: Ossip Schubin
Umschlagkonzept: toepferschumann, Berlin

Verlag: tradition GmbH, Hamburg
ISBN: 978-3-8424-1410-5
Printed in Germany

Text der Originalausgabe

Schatten

Novellen

von

Ossip Schubin

Die Galbrizzi.

Um meine Ohren saust und braust es, vor meinen Augen flimmert ein roter Schein, in meinem Herzen ist ein wildes Toben und Nagen und in meinem Kopf ein trauriges Gewirr! –

Ich trage die Hölle in mir, und die Leute nennen diese Hölle »Wahnsinn!« – sperren mich in eine nüchterne weiße Zelle mit Fenstern, die so hoch vom Boden entfernt sind, daß ich nicht zu ihnen hinaussehen kann, und durch die das Licht armselig zwischen eisernen Stangen hereinkriecht! – – –

Es ist alles so leer um mich herum – so leer! Meine Erinnerungen finden hier Raum, sich auszubreiten. Sie steigen aus meiner Seele und huschen durchs Zimmer – sie nehmen Form und Farbe an. Ein Mann mit einem wundersamen, todesbleichen Christuskopf und Fledermausflügeln nähert sich mir – dann eine schlanke, blasse Frau mit grünen Augen – und dort – in jenem schattendüsteren Winkel steht eine wunderbar holde Gestalt... eine Gestalt, die mir zulächelt und die Arme nach mir ausstreckt. – Durch das eintönig traurige Heulen und Toben, Schnauben, Krächzen und Kettenrasseln zieht sich eine süße, todestraurige Weise... ich horche und horche... dann ist es mir plötzlich, als krache etwas in meinem Kopf – als stürze mein Schädel ein – die holde Gestalt wankt... ein schrecklicher Geruch umgibt mich, ein Geruch von Verwesung und frischem Blut – die Gestalt ist verschwunden – das Lied verstummt! In meinen Ohren tost und braust es, und vor meinen Augen ist alles rot!

Sie sagen, ich sei irre – weil ich den Wunsch habe, mir das Leben zu nehmen, und weil ich viel intensiver sehe und fühle als die andern, dann auch, weil, wenn die Erinnerungen zu deutlich, wenn der Ekel in mir zu schwül und der Schmerz zu scharf wird, ich den Kopf gegen die Kanten meines Bettes schlage und in meine Hände beiße... um zu vergessen! An was? – Ich weiß es nicht recht, weiß nichts mehr recht. Der rote Schein hat alles ausgelöscht! Seit einiger Zeit bin ich so matt, daß ich kaum aus meinem Bett bis zu einem Sessel kriechen – keine Brotrinde zerbeißen kann. Ich spreche nicht mehr laut zu der Frau mit den grünen Augen und antworte auf alles, was mein Arzt mich fragt: »Ja!« –

Da ich infolgedessen völlig seiner Meinung scheine, ist er mit sich übereingekommen, mich für einen sehr vernünftigen Narren zu halten; er leiht mir Bücher und hört mit aufmerksamem Lächeln zu, wenn ich ihm meine Meinung darüber vortrage. Er experimentiert an mir herum wie ein Mechaniker an einem besonders komplizierten Uhrwerk! –

Neulich brachte er mir ein paar beschriebene Blätter. Sie muteten mich seltsam an – ich las, so gut ich lesen konnte, während immer tiefere rote Schatten über das Papier huschten, und ich erinnerte mich . . . erinnerte mich . . .

Weiß nicht, warum er mich die Blätter zu lesen gezwungen hat. Um irgend eine grausame psychologische Neugier zu befriedigen vielleicht. In welcher Weise? Weiß ich auch nicht. Die Blätter habe ich selber beschrieben letzten Sommer – da sind sie!

F . . . bad, den 19. August 187 .

Es geht mir nicht aus dem Sinn, nein, gar nicht aus dem Sinn, das kleine Lied – ein ganz kleines Lied mit Worten, die mein Kopf nicht verstand – nur mein Herz.

Mir kam es vor, wie eine Weise, die mir die Engel gesungen im Himmel, in einer Sprache, die sie mit mir gesprochen, eh' sie mich verstießen – herunter auf die Erde.

O, wie mich das schmerzt im Herzen, im Kopf, im ganzen Leib – am allermeisten jedoch im Herzen. Das Herz schwillt in mir, und die Adern springen mir fast vor schrecklicher Sehnsucht – einer Sehnsucht, die das kleine Lied geweckt hat.

Warum kann ich's nicht vergessen! – – Aus einem offenen Fenster der Kaiserstraße drang's zu mir herüber auf Luftflügeln, die mit dem Duft erfüllt waren, der schöne und vornehme Frauen umgibt – den Duft muß ich auch gekannt haben im Himmel. Ich blieb wie versteinert und starrte in das Fenster und lauschte.

Ich setzte mich schließlich auf eine der grünen Bänke unter den sonnverbrannten Bäumen und horchte hinein, ob das Liedchen wohl wieder ertönen werde – aber umsonst! Gläser klirrten, und lautes ausgelassenes Lachen durchgellte die Luft, und Sessel knarrten, und seidene Kleider rauschten hastig, nervös und kokett. Das Lied aber blieb verstummt! –

Hie und da trat ein Mann an das Fenster und streifte die Asche seiner Cigarre in die Straße hinaus, erst ein kleiner mit verschlafenem Lächeln und jener schalen parfümierten Distinktion, die fast alle Dandies in ihrer ersten Jugend charakterisiert, eh' sie sich auch von ihrem Friseur und der Mode emancipiert haben, dann ein andrer mit einer gelben Abenteurerphysiognomie – einer jener dunklen Ehrenmänner, die ihren eigenen Namen nicht mehr genau wissen und nicht Gold, sondern nur manchmal die politischen Meinungen ihrer Freunde veruntreuen, – dann ein schlanker Jüngling mit einem Zwicker auf der gebogenen Nase und einer ängstlich höflichen Grimasse auf dem gelben Gesicht. Er hätte ebensogut ein Schnittwarencommis sein können, seiner Umgebung wegen hielt ich ihn jedoch für einen jungen Wiener Bankier. Dann sah ich eine Frau mit einem ausdruckslosen Gewohnheitslächeln, das zwei Falten in ihre gelben Wangen zog, mit hoch aufgenesteltem mattblonden Haar und scharfblickenden grünen Augen.

Die kann das süße, zärtliche Liedchen nicht gesungen haben – nein, die nicht! Dann hörte ich wieder das Rauschen eines Kleides, und der Schritt, der sich diesmal dem Fenster näherte, war leise und schleppend. Der Angstschweiß trat mir auf die Stirn, ich wendete den Kopf von dem Fenster ab, sprang auf – und lief davon. –

Warum wollt' ich plötzlich nicht mehr wissen, wer das kleine Lied gesungen?

Ich brauche die Kur in F . . . bad, das heißt, ich bezahle die Kurtaxen. Das beschwichtigt das Gewissen meiner Tante, die mich als Eskorte hierher mitgeschleppt hat. Am selben Nachmittag, an dem ich das kleine Lied gehört, traf ich mit meiner lieben Anverwandten beim Thee zusammen in dem hübschen, stillen Garten des Doktor H., wo die schönsten Blumen zwischen den weißlichen Stämmen der hier landesüblichen Birken schimmern. Meine Tante, die Schwester meines Vaters, ist eine noch immer schöne, etwas starke, blonde Frau mit steinernem Profil, steifem Rücken und abgezirkelter Nachlässigkeit in den Bewegungen, die ihr Verständnis für den echten bon genre ausdrücken soll. Sie hält ihre Augenlider stets schmachtend über den Augapfel gesenkt, und ihren Shawl vom

Rücken herunter geschoben, verändert den Mund sehr wenig beim Reden, trägt zu weite Handschuhe, spricht vom Adel per »die Societät«, und von den Bürgerlichen per »diese Leute«.

Außer meiner Tante fand ich an dem Theetisch noch ein vierzigjähriges Fräulein mit achtzehnjähriger Laune und wahrhaft nervenstärkender Zufriedenheit – dann einen alten Junggesellen mit gefärbten Favorits und einem kurzen, als Dolman um seine Schultern drapierten Oberrock.

Das Fräulein hatte gerade eine komische Geschichte erzählt, als ich mich näherte, und der Junggeselle rief lachend: »Fräulein Rosa, Ihre Gesellschaft sollte im hiesigen Kurgebrauch vorgeschrieben sein. Sie würden mehr zur Heilung der epidemischen Melancholie beitragen, als alle eisenhaltigen Wasser.«

»Baron! Sie vergessen, daß Sie mir nicht den Hof machen,« rief das Fräulein mit einer lebhaften Geste.

Er ist Baron seit vorgestern, hat zwei Orden und schreibt ein Geschichtswerk. »Spät, spät, Graf Isolan,« rief er mir entgegen, als er mich erblickte. »Haben Sie vielleicht in der Kaiserstraße die Zeit vergessen?«

Ich starrte ihn an, ohne ihn recht zu verstehen, da fuhr er fort: »Ich habe Sie vor einer halben Stunde die Fenster der Galbrizzi anschwärmen sehen« – hier blinzelte er den Damen erst geheimnisvoll, dann wie vertraulich zu. »Es scheint, daß die Goldfiligrangräfin eine neue Eroberung gemacht hat.«

»Die kleine Galbrizzi, die belle aux cheveux d'or?« fragte meine Tante mit gedehnter Aussprache. »Sehr pikante kleine Intrigantin.«

»Intrigantin?« wiederholte der Junggeselle, kreuzte ein Bein über das andre und lehnte seinen Arm indolent über die Sessellehne. »Glauben Sie, daß sie Verstand genug hat zu einer Intrigantin, meine Gnädige?«

»Davon weiß ich nichts,« sagte meine Tante, und ich merkte ihrer steifen Haltung an, daß sie soeben jenen unsichtbaren Panzer höheren Anstandes angelegt hatte, den eine Frau ihrer Art stets umthut, sobald sie sich von einer gefallenen Mitschwester zu reden herbeiläßt, »davon weiß ich nichts, ich habe ihren persönlichen Umgang nie gesucht – ich nenne alle dergleichen Personen Intrigantinnen – es ist in anständiger Gesellschaft so schwer, diese Spezies zu titulieren.«

Ein Schauer überlief mich, und nur, damit sie nicht mehr von der Galbrizzi reden möchten, mischte ich mich ins Gespräch und sagte: »Haben Sie die sonderbare Komposition bemerkt, die der Skriwanek heute im Park spielen ließ?«

Meine Bemerkung fiel ins Wasser, niemand hatte sie beachtet, außer meiner Tante, die über meine Albernheit die Achseln zuckte.

»Was ist sie denn, diese Galbrizzi? Ist sie eine wirkliche Gräfin?« fragte Fräulein Rosa naiv.

»Kann sein,« erwiderte meine Tante mit Ueberlegenheit, »jedoch von der Gesellschaft geht niemand mit ihr um, das heißt, Sie verstehen mich – keine Dame.«

»Nun freilich, den Umgang junger Herren kontrolliert man nicht,« sagte der unternehmende Junggeselle und blinzelte mich noch einmal vielsagend an. Ich hätte ihm am liebsten sein impertinentes Monocle in die Augenhöhlen hineingestoßen.

Unterdessen fuhr meine Tante fort: »Sie ist schrecklich – wirklich genant, im selben Hause mit ihr zu wohnen. Bis in die Nacht währt das Klaviergeklimper und Gesinge in ihrem Salon – und dieses ewige lungensüchtige Gelächter und das Gläsergeklirr! – Ein Ton herrscht bei ihr! – Denken Sie nur, Fräulein, die Herren rauchen! – ich bin ausgezogen. Tiens baron, wer, glauben Sie wohl, ist jetzt der Begünstigte?«

Der Baron klopfte sich mit seinem feinen Spazierstöckchen die rechte Wade.

»Ersparen Sie mir die Antwort, meine Gnädige, es ist dies wirklich schwer zu bestimmen – wir wollen barmherzig sein gegen die Galbrizzi.« Er sagte das in einem Ton . . .!

»Herr Baron!« fuhr ich auf, schneidend, tragisch, albern, »Herr Baron, ich kann es nicht begreifen, wie Sie – ein ernster Mann, der Geschichte schreibt – sich dazu hergeben können, erbärmlichen Badeortsklatsch weiter zu befördern, um den Ruf einer armen Frau niederzumetzeln.«

»Alfons!« rief meine Tante strafend. –

Der unternehmende Junggeselle hingegen lachte laut, klopfte mir auf die Schulter und rief: »Prächtig, prächtig, mein junger Freund – Ihre Illusionen sind sehr schön, aber – nicht dauerhaft. Wenn Sie selbe behalten wollen, so müssen Sie sich in Ihr Zimmer einsperren und eine Photographie der Sixtina anschwärmen – eine Galbrizzi dürfen Sie nicht lieben.«

Ohne ein weiteres Wort zu sagen, sprang ich auf und eilte davon. Die grünen Birken streckten ihre Aeste zwischen mich und sie und rauschten mir mitleidig um die Ohren, damit ich das Zischeln nicht hören möchte – das Zischeln, das mir so wehe that!

Es mag wohl noch lange gedauert haben, ehe sie fertig wurden mit allem Bösen, das sie einander zu sagen hatten über die Galbrizzi. Gibt es doch nichts so Interessantes und Hochanregendes für anständige Frauen, als über unanständige zu reden! –

Ich eilte durch die heißen, staubigen Straßen, kopflos, ziellos, wie man es thut, um einem Gespenst oder einer Erinnerung zu entfliehen. Das kleine Lied ließ mir keine Ruhe; immer deutlicher klang es durch den schläfrig duftigen Augustnachmittag – das süße Lied, das mir so wehe that!

O, es ist nicht möglich – nicht möglich! – Was bekümmere ich mich eigentlich um die Galbrizzi? Habe ich denn ein Recht, sie zu verteidigen? Sie ist eine verblühte Kokette, die sich ihre verflogene Jugend und Schönheit künstlich ins Gesicht hinein zu pinseln versucht, die sich des Morgens im Rollstuhl fahren läßt wie eine Lungensüchtige, und des Abends in ihrem Salon tanzt wie eine Närrin, – die allein, das heißt mit einer Kammerjungfer, einem Diener und zwei Möpsen einen Badeort besucht und da außer zwei geheimnisvollen weiblichen Ruinen, die ihre aristokratischen Prätensionen auf ihre illegitime Abkunft von irgend einem Potentaten stützen, nur eine ziemlich bunte Männergesellschaft um sich versammelt.

Neulich stand sie mit zweien ihrer Verehrer vor einem Spitzenladen, und auf eine vergilbte Alençon deutend, rief sie lachend und kokett: »Celle-là vous pouvez me l'acheter si vous voulez.«

Am nächsten Tag war die Spitze verschwunden.

Sie lebt von den Geschenken ihrer Freunde! Welcher der Begünstigte ist, weiß man nicht. Einer aber muß es sein, – so behaupten die Leute, und meine Tante hält mir eine Strafpredigt über die Verworfenheit meines Geschmacks und nennt meine erste Liebe »jahrhundertgemäß«.

Meine erste Liebe! . . . . . Mir graut . . . . Es ist ja nur das Lied – das Lied, das mir meine . . . das mir die Engel vorgesungen haben im Himmel, ehe ich . . .

20. August 187.

Heute früh mußte ich meine Tante zum Brunnen begleiten. Ich gab ihr pflichtschuldigst den Arm und füllte ihr Glas an der Quelle. Eine ungarische Dame, die auf sie zukam und sie mit der liebenswürdigsten Familiarität begrüßte, erlöste mich bald von diesen langweiligen Pflichten. »Zwei Damen haben einander immer so viel Klatsch zu erzählen,« sagte die Ungarin und lächelte mir mit ihren weißen Zähnen und schwarzen Augen zu. Ich entfernte mich.

Es war ein kalter Morgen. Einige der Damen trugen Pelze, alle sahen blauer und leichenähnlicher aus als gewöhnlich. Der bunte Wirbel um den Brunnen erschien mir wie ein Totentanz. Mich jammerten diese geputzten Gespenster, die gierig die mageren Hände mit den Bechern gegen den Brunnen ausstreckten, wie Bettler, die um einen Tropfen Leben flehen.

Die Blumen auf den Tischen der Blumenverkäuferinnen waren matt und geruchlos, die Luft herbstlich, voll Nebel und Spinnweben. Ein starkes Gewitter war in der Nacht niedergegangen und hatte die Atmosphäre gekühlt. Die Musikkapelle spielte traurig und langweilig – alles verstimmte mich. In trübe Betrachtungen versunken setzte ich mich auf eine Bank und ließ den Blick zerstreut über das Gedränge gleiten.

Da hörte ich plötzlich eine Stimme neben mir ausrufen: »Der Skriwanek muß eine rechte Wut auf das Publikum haben, er läßt heute nichts als seine eigenen Kompositionen spielen. Schauderhaftes Gedudel!« Dann lagen zwei breite Tatzen auf meinen Schultern und eine breite gutmütige Stimme rief: »Grüß Gott, mein Alter, unterhältst du dich gut?«

Aufsehend gewahrte ich einen großen jungen Menschen mit Hamletschem Fettansatz, aber ohne Hamletsche Melancholie, in einem grauen Lodenrock, der ihm zu kurz, und einem braunen Jägerhut, der ihm zu klein war.

»Was machst du denn hier? Brauchst du vielleicht die Kur?« rief er weiter.

»Ich langweile mich,« gab ich zur Antwort.

»Wie kann man sich langweilen?« fuhr er fort. – Er ist eine Gymnasialbekanntschaft aus Steiermark, heißt Gustl Beyer, und kokettiert, nachdem er binnen drei Jahren sechs verschiedenen Professionen vergeblich ein Interesse abzugewinnen versucht hat, seit einiger Zeit mit dem einträglichen und bequemen Unternehmen einer reichen Heirat. »Wie kann man sich langweilen? Den Zustand begreife ich höchstens im Kolleg. – Sapperlot, eine hübsche Person, die Blonde dort. Kannst du mich keinen Damen vorstellen?«

»Meiner Tante,« sagte ich trocken.

»Danke! Alte Schachteln kenne ich genug,« erwiderte er. »Hast du denn keine interessanten Bekanntschaften angeknüpft? Hast du das Mädchen bemerkt, das ich soeben grüßte? Nachmittag mache ich eine Landpartie mit ihr und ihrer Tante, sie hat eine Prachtstimme, und ist schon in Graz engagiert – erst achtzehn Jahre alt.«

»Achtzehn Jahre . . . dieser Mops.«

»Warum nicht, ich bitte dich?«

»Nun, es ist möglich – aber traurig.« –

»Soll ich dich bei ihr einführen? – Du wirst gewiß sehr freundlich von ihr aufgenommen werden, wenn ich dich vorstelle, sie wird dir sogar vorsingen. Mir singt sie vor, so viel ich will, sonst niemand,« versicherte er wichtig.

Die larmoyante Skriwaneksche Musik seufzte immer melancholischer in das Blätterrauschen hinein; dazwischen hörte man das Kreischen der Rollwagen, sowie das Gehüstel und Geplauder der Kurgäste.

Dichter und dichter drängte sich der Menschenstrom. Eine rumänische Fürstin mit schwarzen Stirnlocken und einer Unterlippe à la

George Sand wälzte sich vorüber, dann kam der Pole mit dem hellgrauen Menschikoff und der verliebten Katerphysiognomie, neben einer schwarzäugigen Blondine, die als seine Frau in der Badeliste eingetragen steht, gegen die er sich jedoch in so zärtlichen Aufmerksamkeiten überbietet, daß man längst begonnen hat, an der Legitimität seiner Verbindung mit ihr zu zweifeln.... Und dann ... und dann.... Die Musik spielte leise und wehmütig wie in einem Melodram – ich sah, wie sich die Leute anstießen, wie sie zu sprechen aufhörten und zu flüstern begannen, und wie sie alle nach derselben Seite sahen und Platz machten.

Zwischen dem Gedränge hindurch fuhr in einem Rollstuhl, von einem Diener ohne Livree geschoben, eine blonde Frau in einem mit schwarzem Pelz verbrämten weißen Tuchkleide, einen schwarzen van Dyk-Hut auf dem Kopf, auf den Knieen eine Unzahl von Rosen. Sie lachte und plauderte in weichem, hübschem, nicht accentlosem Französisch und reckte dabei das Köpfchen so unbefangen rechts und links nach ihren Begleitern, als befände sie sich in ihrem eigenen Salon, anstatt auf der Straße. Ihre Bewegungen waren von einer unbeschreiblichen, nachlässigen Anmut, sowie ihre Haltung, ihr Blick, ihre Aussprache, ihr Lächeln. Trotz ihres seltsamen Anzugs machte sie nicht den Eindruck, als suche sie die Aufmerksamkeit der Menge auf sich zu ziehen, sondern nur, als sei es ihr einerlei, ob sie selbe errege oder nicht.

Sie war nicht jung, ihr Teint blaß und leidend, doch zart, ihr Gesicht schmal wie meine Hand, mit kleinen, mehr lieblichen als schönen Zügen, der Ausdruck von unaussprechlichem Liebreiz. –

Mir wurde zu Mut, ich weiß nicht wie – ich sah alles durch einen nach Rosen duftenden, silbernen Schleier, und wie aus weiter Ferne tönte es zu mir herüber, das kleine Lied – und diesmal wußte ich, daß sie es gesungen hatte.

Ich sprang auf, schüttelte Gustl rauh ab und folgte schwankend dem kleinen Rollwagen. Die Herren, welche die Galbrizzi begleiteten, sahen mich zurechtweisend über die Achsel an. Was kümmerte mich's. Ich horchte nur auf die Stimme der Frau im weißen Kleide, meine Seele fühlte sich wie geliebkost durch den süßen Klang.

Unweit des Brunnens hielt die kleine Prozession. Der Kammerdiener entfernte sich, um das Glas seiner Herrin zu füllen. Ein paar

Rosen fielen von ihren Knieen herab. Alle ihre Verehrer stürzten herbei. Schneller als sie alle war ich und reichte ihr die Blumen. Unsre Augen begegneten einander – ich sah sie, wie ich sie hundertmal im Traume gesehen. Sie schrak zusammen, ihre kleine Hand tastete nach der meinen, sie stotterte: »merci monsieur!« – und wurde ohnmächtig! –

Die einen behaupteten, es sei die Luft – die andern, es seien die Rosen – noch andre, es sei ihr gestriges Tanzen gewesen, das ihre Ohnmacht verschuldet hätte. Alle schwatzten sie den platten Unsinn, den die Leute bei solchen Gelegenheiten immer zu Tage fördern, um sich wichtig zu machen und ihr Beileid zu bezeugen.

Ich allein schwieg, und ich allein wußte, warum sie ohnmächtig geworden war!

Sie ist ohnmächtig geworden, weil sie mich erkannt hat, und weil sie mir »mein Herr« sagen mußte – sie mir! – O mein Gott! –

Ich wollte sie in die Arme nehmen, ich wollte sie zu einer Bank tragen, um sie ins Leben zurückzurufen. Sie haben mich von ihr weggeschoben wie einen Zudringlichen, wie einen Irren. Mich! . . . Und doch war ich der einzige, der sie anzurühren ein Recht hatte! –

Gustl Beyer bringt mich zur Verzweiflung. Er hat mir's gründlich abgewöhnt, die Zufriedenheit für eine Tugend anzusehen. Nichts ist sie als eine beglückende Albernheit.

Da kommt er gerade, während ich im Schreiben bin, stellt sich hinter mich, legt mir liebevoll die Hände auf die Achseln und sagt: »Grüß Gott, Alter! Was schreibst du da – laß dich nicht stören« – und da ich das Blatt eiligst in meine Mappe stecke – »ach ein Liebesbrief – irgend eine geheime Flamme.«

Indessen streckt er sich auf zwei Sesseln aus. »Bist du ein lederner Patron!« ruft er gleichmütig, dann zieht er eine Photographie aus seinem Portefeuille und reicht mir sie.

»Wie gefällt dir das Mädchen?« fragt er.

»Sie sieht langweilig und unbedeutend aus,« erwidere ich.

»Das ist wahr. Aber man heiratet ja nicht, um sich zu unterhalten,« versichert er ernsthaft mit der Kalenderweisheit, die beschränkte Leute auszeichnet.

»Nein, große Philosophen heiraten, um einer sozialen Pflicht zu genügen. Geht's übrigens da hinaus?«

»Sie hat Geld,« meinte Gustl, sich entschuldigend.

»Du scheinst wirklich jede Hoffnung aufgegeben zu haben, Bankdirektor zu werden,« sagte ich mitleidig, auf seine vorletzte Ambition anspielend – »weißt du, daß dies die fünfte Partie ist, die du seit Neujahr einfädelst?«

»So . . . wirklich?« . . . er lachte sehr herzlich – »aber weißt du, daß du heute eine Eroberung gemacht hast?«

»Bei wem?« fragte ich sehr gleichgültig. Als er jedoch antwortete: »Bei der Galbrizzi« – fuhr ich zusammen.

»Ja, bei der Galbrizzi! Wir dinierten heute bei Wachtler und nahmen einen Tisch neben dem Galbrizziklub, weil man in der Umgebung immer etwas Neues, Interessantes wegbekommt. Galbrizziklub heißt das halbe Dutzend intimer Verehrer der Schönheit,« fuhr er fort, »heute kursierten keine pikanten Anekdoten; man erzählte nur: das erste, was sie gethan, als sie zu sich kam, sei gewesen, nach deinem Namen zu fragen und die Fremdenliste zu verlangen. – Sie soll in Amerika an der Oper gesungen haben, die Galbrizzi.«

»Wie viel Uhr ist's?« rief er plötzlich – »meine Uhr ist im Versatzamt – fünf – da muß ich eilen – à propos, möchtest du mir nicht meine Manschettenknöpfe abkaufen? Ich habe keinen Kreuzer Geld.«

»Ich schachere nicht – wenn ich dir etwas borgen kann, mit Vergnügen.«

Er steckte die Banknote, die ich ihm reichte, ein und bedankte sich mit Enthusiasmus . . . »Sie erwartet mich,« rief er, »wir wollen nach S . . . haus Kaffee trinken gehen, der Schmetten ist dort viel besser als hier, willst du nicht mit?«

An der Thür wandte er sich noch einmal um, riß seine Manschettenknöpfe aus den Knopflöchern, legte sie neben mich auf den Schreibtisch und rief: »Behalt' sie zum Andenken.«

Ich wäre sehr gerührt gewesen, hätte ich nicht gewußt, daß er sich morgen dieselben Knöpfe wieder von mir ausborgen werde.

Er sagte: »Servus!« . . . ich sagte: »Servus!« . . . und die Thüre schloß sich hinter ihm. –

Gott sei Dank! –

Sie hat nach mir gefragt . . . sie hat nach mir gefragt! . . .

O! sie ist doch gut, es weiß es vielleicht niemand außer mir und dem lieben Gott, aber sie ist doch gut! . . .

Und ich hefte meinen Blick auf die Vergangenheit, jenes verlorne Paradies, in das man wohl noch hineinsehen, das man aber nie mehr betreten darf! Durch alle meine Erinnerungen zieht sich das kleine Lied, und der Engel, der mir's vorgesungen, vor langer, langer Zeit war meine Mutter, und der Himmel, den ich beinah vergessen, war meine Kindheit!

Wie schön sie war, meine Mutter! Was sie für goldene Haare und liebe, zärtliche Augen hatte, welch weiche Hände und welch süßes, süßes Lachen! Es klang so hell, so silbern, so mutwillig wie ein Bach, der über Stock und Stein einen Bergabhang herunterspringt.

Und wie sie mich liebte, wie sie mit mir tollte und Unsinn trieb vom lichten Morgen bis in die schwarze Nacht! Und wenn ich dann müde geworden am Ende der langen Tage – Tage, die mir so ereignisvoll erschienen, wie jetzt ein ganzes Jahr – da hob sie mich auf ihr Knie und legte meinen Kopf gegen ihre Schulter und sang leise, leise – so leise und lieblich wie die Nachtigall, wenn sie des Nachts die Blumen in den Schlaf singt . . . sang das kleine Lied! – Jetzt singt sie's vor Männern, die rauchen und lachen, vor rohen, fremden Männern . . . mein Lied! –

Und dann, da meinem schlaftrunkenen Blick schon alles undeutlich geworden, selbst meine Mutter, und das kleine Lied nur noch weich und unklar meine junge Seele umflatterte, wie eine klingende Liebkosung, da legte sie mich in mein Bettchen, ein Bettchen so weiß und kühl, wie nichts andres mehr auf der Welt, lehnte ihre Wange an die meine und lispelte ein kleines, süßes Kindergebet.

Ihre Religion war nur ein poetischer Aberglaube, ohne philosophische oder moralische Bedeutung. Ich weiß es nach den religiösen Begriffen, die mir noch bis heute aus jener Zeit geblieben sind. Sie stand auf dem besten Fuß mit der Mutter Gottes, sowie mit allen

Heiligen und Engeln, hing mit schwärmerischer Liebe am Heiland und zitterte vor Gott Vater in andächtigem Grauen.

An einem grünen, sonnigen Sommermorgen war's, und die Erde sah aus, als spiegle sich der Himmel in ihr – so blau war sie von Ehrenpreis und Vergißmeinnicht, da wanderte ich an der Hand meiner Mutter durch eine dichte Akazienallee in voller Blüte. Tausende zarter Falter umgaukelten uns, und die Lust umfächelte schattig kühl und betäubend duftig unsre heißen Wangen.

Wir kamen an ein Kreuz, ein morsches rotes Holzkreuz mit einem Christus aus buntem Blech.

»Wer ist das?« fragte ich.

»Das ist der Heiland,« erwiderte die Mutter.

»Armer Heiland!« sagte ich mitleidig. »Warum hängt er da? Warum hat er so blutige Hände und Füße?«

»Die hat er, damit du in den Himmel kommst. Deshalb ist er gestorben!«

Ich war nicht klüger als zuvor und glotzte erst meine Mutter, dann den Heiland neugierig verwundert an, doch meiner Mutter feierlich Gesicht schüchterte mich ein, und ich fragte nicht weiter.

»Wir wollen Blumen pflücken und einen Kranz daraus winden für den Heiland,« sagte sie. – Dann plünderten wir die Wiese, die sich am Wegsaume hinstreckte, meine Mutter pflückte Blumen, und ich riß ihnen im verkehrten Eifer nur die Köpfe ab.

Während wir dann den Kranz windend auf den Stufen des Kreuzes saßen, kam eine gar seltsame Prozession die Straße entlang, mit heiserem Singen und tragischem Trompetengeschmetter, mit Pfarrer und Ministranten, Kreuzen und rauchenden Kerzen, heulenden Weibern und steifen, verlegen einherschreitenden Männern; inmitten des Zuges, auf den Schultern vier rüstiger Burschen, bewegte sich eine große gelbe Kiste.

Meine Mutter bekreuzte sich und faltete die Hände. Mir wurde seltsam zu Mute. Als der düstere Zug verschwunden war, fragte ich, was das ganze, und hauptsächlich, was die gelbe Kiste bedeute. Flüsternd antwortete die Mutter, das sei ein Sarg, darin liege ein toter Mensch, der nun begraben werde tief unter der Erde.

»Menschen können auch sterben?« rief ich ganz verwundert ob dieser Möglichkeit – von Käfern und Vögeln wußte ich's.

»Sie müssen sterben, alle Menschen müssen sterben,« sagte die Mutter und nickte ernst.

»Ich auch?« fragte ich beklommen. Da faßte sie mich unter dem Kinn und seufzte: »Du auch!« und dabei standen ihr große Thränen in den Augen, und sie sah aus, als dächte sie, das sei schade.

»Und dann werden sie nie mehr lebendig?« fragte ich trübselig.

Da nahm mich meine Mutter auf ihre Kniee und drückte mich fest an sich. »Doch!« flüsterte sie, »aber nicht hier, nicht hier; wenn sie sehr brav sind, so kommen sie in den Himmel.«

»Ach, drum ist der Heiland gestorben!« sagte ich wichtig, stolz auf mein Gedächtnis.

»Dort oben, hinter der blauen Luft,« fuhr sie fort, »dort ist eine große Stadt von Silber und Gold, und da wohnt der liebe Gott mit seinen Engeln; die sind viel schöner und besser als die Menschen, und haben im Rücken lange weiße Flügel.«

»Mama, bist du ein Engel?« flüsterte ich und tastete mit meiner kleinen Hand über ihre Schultern hinüber nach ihren Flügeln; ich dachte, sie habe die vielleicht unter ihren Kleidern versteckt! . . .

Ja, das war meine Mutter. Ja . . . und . . . sie war schön, das habe ich schon gesagt, und sie war eine arme kroatische Gräfin, deren Vater sie auf einem großen, grau verfallenen Schlosse allein gelassen, ganz allein mit ihrer fünfzehnjährigen Schönheit und Hilflosigkeit, als er sich eines Tages aus Lebensüberdruß und wegen Ehrenschulden eine Kugel durch den Kopf gejagt hatte.

Mein Vater, der des Verstorbenen Rechtsanwalt gewesen, sah sie, verliebte sich und heiratete sie, vollzog damit die einzige Handlung in seinem Leben, auf die er nicht immer mit gerechtem Stolz zurückgeblickt und deren Vernünftigkeit er sich später sogar anzuzweifeln gestattet hat. Er war ein Ehrenmann und stammte aus einer ganzen Familie von Ehrenmännern.

Kein Bürger – so hieß er – war je wahnsinnig geworden, oder hatte sich das Leben genommen, oder war in einem Duell gefallen; keiner hatte je getrunken oder gespielt, keiner war Künstler gewesen, keiner hatte je Bankerott gemacht, und keiner – aus Liebe geheiratet.

Mein Vater war der erste und einzige, der sich in letzter Beziehung diesem ausgezeichneten Sittenprogramm untreu zeigte. Das Schicksal hat es ihm nie verziehen! Natürlich trat die Liebe bei ihm nur als temporärer Wahnsinn auf, und die aus ihren Gewohnheitsschienen entgleiste Vernunft fand bald ihre alten Bahnen. Von seiner Verliebtheit haftete ihm in den Zeiten, an die ich mich erinnere, nichts mehr an, als ein gewisser Stolz auf meiner Mutter alten Adel und ihre Schönheit.

Eine große Photographie von ihr hing in seiner Kanzlei, und zahllose Male habe ich ihn einem Klienten, dessen Augen sich staunend auf das Bild hefteten, mitteilen hören: »Meine Frau – Sie kennen sie vielleicht, eine geborene Gräfin Abramowitsch –« dazu machte er allezeit einen graziösen Bückling.

Er sprach nie mit ihr, außer bei den Mahlzeiten, dann immer über das Essen, war beinahe so höflich gegen sie, wie gegen unser bestes Stubenmädchen, und machte jeden Sonntag nachmittag mit ihr einen Spaziergang.

Daß sein Benehmen nach den hergebrachten Begriffen mustergültig war, brauche ich wohl nicht zu sagen, ebensowenig, wie, daß er ihr regelmäßig bei passenden Gelegenheiten schöne und besonders sehr praktische Geschenke verehrte.

Er war ein großer, blonder Mann mit einem schlaffen, von Finnen blau punktiertem Gesicht, einem Schnurrbart, auf dem man hätte Schmetterlinge spießen können, und schwachen hellgrauen Augen hinter goldgefaßter Brille. Er hielt auf seine Würde, war unberechenbar empfindlich und blieb mir immer eine fremde, unheimliche Persönlichkeit.

Das kleine Lied klingt schwächer und trauriger zu mir herüber, ein dunkler Flor zieht sich über meine Erinnerungen! –

Es war Herbst – der erste Herbst, von dem ich mir Rechenschaft gebe. Mein Vater schreibt und schreibt in seiner Kanzlei, und meine Mutter steht am Fenster und drückt ihr Näschen gegen die Scheiben platt und sieht in die schlecht gepflasterte, regenumdüsterte Straße der steirischen Landstadt, sieht ein paar Marktweiber frierend unter ihren bunten Schirmen kauern, und sieht einen großen Bernhardinerhund vereinsamt vor dem Gasthaus zu den »Drei Tauben« liegen.

Er wartet auf seinen Herrn! – einen Fremden, einen Jäger wohl! Wie soll ich mich dessen erinnern!

Immer noch steht sie am Fenster und unverwandt starrt sie den Hund an. Endlich wendet sie sich von der Straße ab. – Ihre Augen haben einen so finsteren, hungrigen und vor der Zukunft entsetzten Blick, daß mir angst wird. In dem glücklichen Kinderwahn, meine Liebkosungen könnten sie über alles trösten, springe ich ihr in die Arme und überschütte sie mit Zärtlichkeit. Sie küßt mich, aber ihre Küsse sind nicht wie sonst, sie sind heiß und wild, wie ihr Blick!

Immer schwächer klingt das kleine Lied . . . bis es in dem traurigen Herbsttosen stirbt.

Die Sonnenstrahlen sind fahl geworden, die letzten Blumen verblüht, alles ist öd' und grau!

Ich weiß nicht, wer es war, nicht wie er hieß, noch wie er aussah – nur daß ich ihn haßte, weiß ich . . . .

Meine arme Mutter wurde blässer und blässer, sie lachte wohl noch manchmal, aber wie lustiges Wasserplätschern klang es nicht mehr.

Langsam tritt sie aus meinem Leben, – nur noch zweimal taucht sie deutlich in meinen Erinnerungen auf – einmal, da sie von ihrem Spaziergang heimkehrte – ich begleitete sie längst nicht mehr – blaß, fiebernd mit träumerisch schleppendem Gang und zerstreutem Blick, wie sie, da ich ihr entgegensprang, sich abwendete – und rot wurde und mich nicht küssen wollte; – und ein zweites Mal in der Nacht, da sie an meinem Bettchen kniete und weinte!

– – – Und dann – dann ist alles verschwunden – sie, mein Glück und meine Jugend! – Ich frage nach ihr – man sagt mir, sie sei tot. Da weine ich lang und bitterlich und tröste mich endlich damit, daß sie ein Engel ist im Himmel, und jeden Abend bete ich zu ihrem Bild, das über meinem Bettchen unter dem der Mutter Gottes hängt – bete zu ihr mit der gleichen Innigkeit, wie zur Mutter Gottes selbst. –

Eines Tages nahmen sie mir das Bild weg; da aber wurde ich so zornig und schrie so laut, daß meine alte Kinderfrau es mir ganz heimlich wieder zurückbrachte, und da man sich im Grunde genommen wenig um mich bekümmerte und nicht viel in mein Zimmer kam, so blieb es hängen.

Ich wuchs auf, traurig und menschenscheu.

Mein Vater starb; aus dem kleinen, traumduseligen Städtchen übersiedelte ich in das große Wien, wo mich meines verstorbenen Vaters kinderlose Schwester bei sich aufnahm – sozusagen Beschlag auf mich legte. Ihr verwandtschaftliches Gefühl hatte etwas ungemein Nüchternes. Sie schien zu finden, Kinder gehörten in eine Familie, wie Spiegel in einen Salon. Wenn man keine hat, adoptiert man seine Neffen und Nichten . . . fremdes Blut zu adoptieren, hätte sie sich nie entschlossen. Sie war das ins Großstädtische übertragene Ebenbild meines Vaters, und blieb mir fremd, wie er mir's immer geblieben.

Ebenso wie alle meine übrigen Verwandten, erwähnte sie nie meiner Mutter, was ich mir dadurch erklärte, daß sie die Verstorbene nicht persönlich gekannt.

Noch immer ergötzte sich meine Seele mit träumerischen Erinnerungsschwelgereien. Einmal fragte ich meine Tante nach dem Grab der Verstorbenen. Da runzelte sie die Stirn, setzte sich gerader und sagte dann mit ihrer harten, gefühllosen Stimme: »Deine Mutter lebt!«

Ich fuhr zusammen, es tagte plötzlich in mir – ich wußte alles! Es wäre nicht nötig gewesen, mir ein Uebriges zu sagen – meiner Tante schien das anders. »Einmal mußtest du es doch erfahren,« sprach sie, »für alle ehrbaren Leute ist sie tot – aber sie lebt und . . .« mit grausamem Lächeln: »ich glaube, sie amüsiert sich ganz gut! . . .«

Was ich litt Tag um Tag, stumm, hoffnungslos litt – ich kann es nicht sagen! Mein ganzes Sein war wie ermattet, eine schwüle, dunkle Last lag auf mir und drückte mich nieder, ein brennender Ekel durchglühte meine Adern. Ich lachte über die Zärtlichkeit, mit der ich zwölf Jahre lang das Andenken einer Frau umklammert, die ihr kleines, hilfloses Kind so elend – so herzlos verlassen konnte, ich lachte über die Gebete, die ich mit derselben Andacht an sie und an die Mutter Gottes gerichtet; ich fürchtete mich vor der Nacht – vor dem Traum, in dem sie mir noch immer, aber mit dem von Freudendurst verzerrten Gesicht einer Bacchantin erschien!

Den Menschen wich ich aus wie der Musik – wie jedem Vergnügen! Die ganze Schöpfung schien meiner Seele verunstaltet. Je einsamer ich in mich hineinbrütete, desto häßlicher arbeitete meine Phantasie. Immer widrigere Schatten verdüsterten das Bild meiner Mutter, jedesmal, daß ich von der Schlechtigkeit einer Frau hörte, durchzuckte mich's.

Endlich konnte ich nicht mehr weiter. Da . . . Gott weiß, wie es geschah, als ich den Lauf der Pistole im Munde hielt, durchklang meine Seele plötzlich das kleine Lied; ich gedachte des Tages an dem ich meiner Mutter über die Schultern gegriffen und ihre Engelsflügel gesucht. Die Hand zuckte mir, der Schuß ging fehl, ging durch den Hals anstatt durch den Kopf. – Ich lag einen Monat zwischen Leben und Tod. – Sie ließen mich nicht sterben . . . weiß nicht warum!

In meinen Fieberträumen tobte sich meine überreizte Phantasie aus. Als ich wieder zur Vernunft erwachte, war ich sehr schwach, war ruhiger – und hatte meiner Mutter verziehen!

Ich bin nie mehr geworden, wie andre Leute sind, der Reif hat meinen Frühling verdorben, hat mich siech und traurig gemacht. Bis gestern jedoch war ich wenigstens wieder ruhig. Da hörte ich das kleine Lied . . . .

Und heute. . . . Ich habe sie gesehen, ich habe sie erkannt, und sie hat mich erkannt. Und sie ist ohnmächtig geworden, weil sie mir – »mein Herr« hat sagen müssen. Sie . . . mir . . .

*

Drei Stunden später . . .

O ja, sie ist gut, sie ist gut. Es weiß es wohl niemand außer mir und dem lieben Gott . . . aber sie ist gut.

Ich hatte meine Aufzeichnungen beendet und lag da müßig, träumerisch, den Kopf in meiner Fauteuillehne, den Blick im Himmel. Die laue Sommerluft schläferte mich ein, vage Träume umflatterten mich, und immer noch durchbebte meine Seele süß und schwermütig das kleine Lied.

Da höre ich ein leises Knistern und Rauschen, mir ist's, als schwebe ein Engel durch die Luft auf mich zu. Ein süßer Duft umgibt mich, ich rühre mich nicht vor Angst, aus meinem holden Traum zu erwachen – ich fühle, wie sich jemand über mich beugt, wie ein warmer Hauch meine Wange streift, dann legen sich zwei weiche Hände an meine Schläfen und ein leiser ängstlicher Kuß sinkt auf meine Stirn.

Ich schaue auf – mit niedergeschlagenen Augen und gesenktem Kopf, die ganze Gestalt voll flehender Angst steht vor mir – meine Mutter!

*

Sie will zurückweichen, auf ihren Lippen schwebt ein demütigendes Entschuldigungswort. . . . Da vertrete ich ihr den Weg, ich hasche nach Atem, ich will etwas sagen, aber ich kann nicht reden, nur schluchzen kann ich, und schluchzen nur das eine Wort: »Mutter!«

Dann liegt sie in meinen Armen . . . . O, es war schön! Es war schön! Ich war wieder ein Kind und glaubte wieder an das Glück und den lieben Gott!

Ein Schwindel überkam mich – ich brach zusammen und wäre zu Boden gestürzt, wenn sie mich nicht emporgehalten hätte mit ihren zarten Armen, die plötzlich so stark geworden waren, wie nur Mutterarme es werden können. Sie schleppte mich auf ein Sofa und wusch mir die Schläfen mit kaltem Wasser, band meine Krawatte los und knüpfte meinen Hemdkragen auf; dazwischen überschüttete sie mich mit Zärtlichkeiten, küßte mir die Haare, die Hände und murmelte ein Mal über das andre mit weicher, leiser Stimme: »Mein

Sohn, mein Kind!« – und wie ich nichts sagte, nur in seliger Verwirrung alles geschehen ließ, da wurde sie ängstlich und murmelte: »ich gehe gleich . . . gleich, sobald dir besser ist . . . .«

Ich hielt sie an der Hand fest und richtete mich ein wenig auf.

»Was willst du?« flüsterte sie.

»Die Thüre zusperren.«

Sie that's, dann kam sie zurück – sah mich mit starren Augen langsam an: »Du bist's, du bist's, bist's wirklich,« sagte sie, wie einen Zweifel abschüttelnd, und da ich nur mit einem Lächeln antwortete, rief sie: »Ach, was brauch' ich zu fragen!« Dabei zog sie ein Medaillon aus der Brust, und zeigte mir ein kleines, liebliches Kinderbild . . . .»Das bist du!«

»Und das Bild hast du immer um den Hals getragen?« fragte ich staunend – »die ganze Zeit?«

»Ja, die ganze Zeit!« . . . Sie kauerte auf der Erde neben dem Sofa, auf dem ich lag. Große Thränen flossen ihr über die Wangen und fielen auf die Hände in ihrem Schoß.

»Es hat mich auf der Brust gebrannt wie eine glühende Kohle; manchmal hab' ich's fortschleudern wollen, weil ich mich unwürdig wußte, es zu tragen – und manchmal hab' ich's fortschleudern wollen, weil es mich hinderte, glücklich zu sein. Aber ich konnte doch nicht!«

»So hast du mich denn nicht ganz vergessen, hast manchmal an mich gedacht?« flüsterte ich.

Sie senkte den Kopf. »Für wie schlecht mußt du mich halten, daß du so fragen kannst . . . und du . . . hast dich manchmal meiner erinnert?«

»Ach, ich!« sagte ich, und meine Lippen zuckten.

»Und ich dachte, du wüßtest längst nichts mehr von mir . . . . Dir läg' nichts an mir, oder du haßtest mich. – Ich tröstete mich damit . . . es war kein Trost! . . . 's ist nicht das erste Mal, daß ich dich seh'! – aber ich wagte nie, mich dir zu nähern . . . ich schämte mich; – ich wär' auch heute nicht gekommen, aber es zog mich zu dir, ich wollte wenigstens an deiner Thür vorübergehen . . . und dann stand die Thür offen – du lagst so still . . . ich dachte, du schliefst . . . . Da wollt' ich dir wenigstens einen Kuß geben, und so . . .« ein heftiges Schluchzen unterbrach sie . . . »du jagst mich nicht fort – und du weißt doch, daß ich schlecht bin,« rief sie plötzlich heftig. Ich küßte nur stumm ihre Hand. –

Es war spät geworden, die Korridore belebten sich – die Leute traten ihre allabendliche Wanderung zum Souper an.

Sie sprang auf. »Ich muß gehen,« rief sie.

»Warte, bis es draußen still wird.« Sie wandte sich noch einmal nach mir um, sie lachte fast mutwillig, obzwar ihr die Thränen noch auf den Wangen standen, legte mir die Hand unters Kinn und rief: »Wie schön du bist, wie stolz ich auf dich sein könnte! – und wie du mir ähnlich siehst – du hast dunkleres Haar, aber meine Augen, meinen Mund – auch meine Hand.« Sie legte die ihre auf die meine. – »Das sind meine Finger genau, genau!« Sie betastete mich mit zögernder Vertraulichkeit und fuhr neckisch über den Flaum an meiner Oberlippe. – »Aber blaß und mager bist du, mein armes Kind. Bist du krank?«

»Nein,« flüsterte ich.

Es war düster geworden, ein weiches, graues Halblicht durchschwebte das Zimmer. Es war, als mache die Sonne die stechenden Augen zu, damit wir ganz ungestört sein könnten, meine Mutter und ich.

»Nein!«

»Was hat dir denn gefehlt?«

Da richtete ich mich auf und sah ihr voll in die Augen und sagte: »Meine Mutter!«

*

Eine Woche ist vorüber seit unsrem Wiedersehen. Seither bin ich oft mit meiner Mutter beisammengewesen, beinah' alle Tage, aber die Seligkeit unsres ersten Zusammentreffens habe ich nie mehr empfunden. Ehe sie an jenem Abend von mir schied, bat sie mich, sie den nächsten Morgen heimlich im Walde zu erwarten – bei irgend einer von ihr bestimmten Bank oder Quelle. Und an jenem Morgen war sie die erste bei unsrem Stelldichein – und den folgenden auch – und nach und nach wurde sie unpünktlich und zuletzt . . .

Es war ein schöner Morgen, der erste, den wir zusammen verbrachten im Wald. Die frühen roten Sonnenstrahlen durchschnitten das grüne Waldzwielicht. Der Tau hing an den Gräsern und aus der Erde stieg ein feuchter, kräftiger Duft.

Meine Mutter war blaß und schien wie gelähmt von Verlegenheit; sie fragte mich, wie ich geschlafen habe, und machte eine Bemerkung über das Wetter, dann ging sie stumm neben mir. Sie hielt einen großen indischen Shawl am Arm, und als ich ihn ihr abnehmen wollte, wehrte sie mir und flüsterte: »Den habe ich für dich mitgebracht.«

Nach einer Weile fragte sie: »Bist du müde?«

»Nein, und du, Mama?«

»Auch nicht,« – nach ein paar Schritten fragte sie wieder: »Bist du müd'?« Diesmal ihre Hand schüchtern auf meinem Arm, den Blick zärtlich in meinen Augen: »Du bist blaß, du solltest ausruhen.«

Sie wünschte offenbar, ich solle müde sein, auf daß sie mich hätscheln und pflegen könne. Ich gab ihr nach. Sie breitete den Shawl, ohne die geringste Barmherzigkeit für seine Schönheit, über das tauige Moos, hieß mich niedersitzen, nahm aus ihrem kleinen Arbeitskorb ein mit Wein gefülltes Fläschchen, das früher ein Flacon gewesen war, und einen silbernen Becher.

»Du mußt etwas frühstücken,« sagte sie; ihre Scheu fing an von ihr zu weichen, und ihre Stimme klang jetzt lustig, so lustig, daß mich's eigentlich befremdete.

»Die Waldluft ist zwar sehr nahrhaft, aber doch nicht nahrhaft genug für den großen, langen Burschen, der kaum aufgehört hat zu wachsen.«

Nachdem ich ihr zulieb etwas Wein getrunken und Gebäck gegessen hatte, bestand sie darauf, ich solle mich ausstrecken. Auch darin gab ich ihr nach, obgleich mir's unbequem war und lächerlich erschien, mich so verzärteln zu lassen. Unterdessen beugte sie sich über mich und sang mit halber Stimme, bald herb klagend, bald todeszärtlich, slowakische und kroatische Volksweisen! – zuletzt tiefinnig, von einer großen Sehnsucht durchschauert kam's von ihren Lippen – »das kleine Lied«!

Ich richtete mich halb auf, meine Augen hefteten sich an ihr Gesicht, und als sie geendet, murmelte ich: »Mutter, willst du mir etwas versprechen?«

»Was, mein Kleinod?«

»Singe das Lied nie, nie jemand mehr vor, außer mir.

»Hast du's denn gar so lieb?« Sie lächelte, weil sie sich freute, mir einen Genuß bereitet zu haben.

»Ob ich's lieb habe? . . . Es ist ja mein Lied, mein Wiegenlied, mit dem du mich immer in den Schlaf gesungen hast – damals vor endlosen Zeiten. Erinnerst du dich noch?«

Sie schauderte zusammen und wendete ihr blaß gewordenes Gesicht von mir ab.

Den nächsten Augenblick machte sie einer Lerche ihren Triller nach, und dann – sang sie einen Walzer von Arditi.

*

Ja, es war eine süß verträumte Stunde, aber als sie vorüber, als ich mich von meiner Mutter getrennt hatte, blieb mir zur Erinnerung daran nur ein Gefühl dumpfer Niedergeschlagenheit und Mattigkeit, wie man sie nach einem Opiumrausch empfinden mag.

So war's den ersten Tag, den zweiten trug sich dasselbe zu, nur daß die Niedergeschlagenheit und Mattigkeit mich diesmal schon mitten zwischen den Liebkosungen meiner Mutter befielen. Den dritten erfüllte mich eine unsägliche Traurigkeit; dieser tändelnde Verkehr mit meiner Mutter stieß mich ab durch seine unnatürliche, ungesunde Sentimentalität.

Wir waren den Tag nicht so tief in den Wald hineingegangen als gewöhnlich – meine Mutter war spät bei unserm Zusammenkunftsort eingetroffen, und uns blieb keine Zeit zu einem langen Spaziergang übrig. Müde, mich wie ein fünfjähriges Kind verhätscheln zu lassen, suchte ich ein vernünftiges Gespräch anzuknüpfen. Ich fragte sie das und jenes über ihre Reisen; sie wußte fast nichts zu antworten, und bewies sehr viel von dem eigentümlichen Talent, das schöne, sentimentale Frauen so oft auszeichnet – dem Talent, mit geschlossenen Augen durch die Welt zu reisen.

Sie hatte sich endlich und mit Anstrengung erinnert, daß die Straßen von New York schmutzig sind, und daß man dort um fünf Dollars täglich sehr gutes Unterkommen finden kann.

Da schlenderten ein paar Spaziergänger an uns vorbei, sahen uns mit rücksichtslos neugierigen Augen mißtrauisch lächelnd an und zuckten mißbilligend die Achseln.... Ich hätte sie erdrosseln mögen!

Zu meinem großen Erstaunen preßte meine Mutter ihr Taschentuch an den Mund und brach, sobald sich die Leute entfernt hatten, in mutwilliges Lachen aus.

»Die halten uns natürlich für Liebesleute,« rief sie und lachte wieder.

Ich wendete den Kopf ab. Ich fühlte, wie ich errötete bis unter die Haare.

»Aber Mama!...« stotterte ich schaudernd.

Sie lachte noch immer. »Ich muß wirklich sehr jung aussehen für mein Alter.«

Ehe ich noch geantwortet, richtete sie sich plötzlich halb auf und stierte unverwandt etwas an, das ich noch nicht sah. Mein Blick folgte dem ihren. Zwischen den Bäumen kam auf uns zu ein großer, gebückter Mann mit vernachlässigten, schlotternden Kleidern und langem schlecht gestutzten Haar unter einem breitkrämpigen Panamahut. Er hielt die Augen spähend, halb zugekniffen und schien aus alter Gewohnheit beständig etwas zu suchen, was er nicht mehr zu finden hoffte. In der Ferne sah er beinah wie ein Landstreicher aus; als er näher kam, bemerkte ich jedoch etwas sehr Vornehmes an ihm. Er erinnerte mich auffallend an den Rembrandtschen Christus in Emmaus, der im Louvre hängt. Er hatte etwas Unheimliches und Rührendes, etwas Anziehendes und Abstoßendes – etwas von einem geächteten König, von einem Irrsinnigen und einem Gott.

Als er an uns vorüberschritt, starrte er uns mit derselben forschenden, objektiven Aufmerksamkeit an, wie früher die Steine und Gräser auf seinem Weg, nahm seinen Hut ab und ging weiter. Meine Mutter zitterte wie ein Baum im Sturm. Ihr Gesicht war alt und grau geworden, und ihre Augen brannten wie die einer Willis, die sich nach einer letzten Freude sehnt.

»Es wird spät! Ich muß nach Hause,« flüsterte sie hastig mit erstorbener Stimme, reichte mir, anstatt mich wie sonst zu küssen, eine eiskalte Hand und eilte fort.

24. August.

Heute suchte ich meine Mutter wohl zwei Stunden lang im Walde, fand sie aber nicht; dann ging ich lange vor ihren Fenstern auf und ab. – Ich hörte tolles Klaviergeklimper, eine Männerstimme sang ein paar Couplets in einer Sprache oder mit einer Aussprache, die ich nicht verstand, und die mir sehr häßlich vorkam, den andern aber höchst geistreich und unvergleichlich komisch erscheinen mußte, denn nach jeder Strophe schlugen sie in die Hände und lachten. Tabakrauch quoll aus den offenen Fenstern. Als der Gesang aufgehört, vernahm man laute und kecke Stimmen und dazwischen von Zeit zu Zeit ein Geflüster, wie wenn jemand einem andern etwas ins Ohr sagt.

Das alles zerschnitt mir das Herz, und doch mochte ich keinen Laut davon verlieren. Ich setzte mich auf eine der grün angestrichenen Holzbänke ihren Fenstern gegenüber.

Nach einigen Minuten trat sie mit einem auffallend schön und arrogant aussehendem jungen Mann, der die Hände in den Taschen hielt, plaudernd ans Fenster. Der kleine Commis Voyageur oder Bankier, dessen ich schon Erwähnung that, und der eine Art Tanzmeisterdressur statt guten Manieren besitzt, und in die Sitten der großen Welt durch seinen Kammerdiener eingeweiht worden sein mag, versuchte hie und da ängstlich ein Wort in die Konversation hineinzuschieben.

Meine Mutter rauchte eine Cigarette, sie hielt den Kopf zurück gebogen, ihr Lachen, ihre Augen, die Grübchen in ihren Wangen, das mutwillige Geringel ihres Haares – alles war tausendmal verführerischer als je. Sie war wie neu belebt und sah in der undeutlichen Rauchatmosphäre wie zweiundzwanzig Jahre alt aus. Ich konnte mir nicht verhehlen, daß dies Wesen sie viel natürlicher und ungezwungener kleidete als die Sentimentalität.

Mir wurde sehr häßlich zu Mut – zehnmal nahm ich mir vor, fortzuschleichen, dann konnte ich's doch nicht über mich gewinnen. Ein Gefühl hündischer Wachsamkeit hielt mich zurück, und mehr noch als das, eine traurige Müdigkeit.

Da erblickte sie mich, wurde erst etwas verlegen, grüßte mich dann sehr freundlich und wendete sich rasch zu den beiden Herren, denen sie nun etwas erzählte, wobei sie mich von Zeit zu Zeit ansah.

Ich weiß, sie hat ihnen eine Lüge, hat ihnen nicht gesagt, daß sie meine Mutter ist.

O, hundertmal lieber wäre es mir gewesen, sie hätte gethan, als kenne sie mich gar nicht!

Ich stand auf und schleppte mich, nicht ein einziges Mal vom Pflaster aufsehend, nach Hause, auf mein Zimmer, wo ich, den Kopf in meinen Händen, ohne zu denken, in stumpfer Traurigkeit sitzen blieb – bis meine Tante mich durch ihren Bedienten zu sich bitten ließ.

Ich mußte sie in ein Symphoniekonzert begleiten.

Symphoniekonzert heißt man in F . . . bad eine musikalische Produktion, bei der eine Symphonie von Beethoven zwischen einem Walzer von Strauß und einem Potpourri von Offenbach dem kaffeeschlürfenden Publikum – in einem Lustgarten unter freiem Himmel zum besten gegeben wird.

An unserm Tisch saßen außer meiner Tante, die elegant in verschossenen Farben gekleidet war, eine kleine, sehr lebhafte und sehr bunte Militärbaronin, Fräulein Rosa und Gustl Beyer.

Die Unterhaltung gestaltete sich sehr geistreich! Die bunte Baronin zankte mit dem Kellner wegen schmutziger Kaffeetassen; das heitere Fräulein und Gustl Beyer sangen ein lautes Zufriedenheitsduett, in welchem sie die verschiedenen Vorzüge F . . . bads aufs glänzendste herausstrichen; meine Tante rümpfte die Nase über die schlechte Musik und kritisierte das Publikum.

Im ganzen fand die musikalische Produktion sehr wenig Beifall, und daran trug wohl hauptsächlich ein Husar schuld, der heute vormittag auf seinem »Werkl« mit ein paar Freunden angekommen war und auf die allgemeine weibliche Aufmerksamkeit Beschlag gelegt hatte.

Ich war sehr stumm und zerstreut. Gustl Beyer stieß mich zuweilen unter dem Tisch mit dem Fuß, um mich aufzurütteln, und das Fräulein versuchte unverdrossen immer von neuem in gutmütiger Absicht ein Gespräch mit mir anzuknüpfen.

Schließlich forderte sie mich auf, sie und die bunte Baronin noch denselben Abend in die »Reunion« zu begleiten. Ich erwiderte natürlich: »Mit Vergnügen!«

*

Der beinahe allwöchentliche F . . . bader Tanzabend, dem ich bis dahin noch nie beigewohnt, war diesmal als »Galareunion« angesagt. Als ich den unternehmenden Junggesellen fragte, ob in diesem Falle »Gala« eine weiße Krawatte bedeute, antwortete er nur mit einem Lächeln.

Dennoch hielt ich mich schon der Damen wegen, die ich begleitete, für verpflichtet, meinen Frack anzuziehen, was ich später bereute.

Der Saal, in den ich die bunte Baronin führte – Gustl Beyer folgte mit dem heiteren Fräulein – war nicht ganz dunkel und nicht ganz hell. Ein wenig Gaslicht und ein wenig Tageslicht stritten miteinander.

Auf dem glänzenden Parkett drehte sich ein Paar – ein einziges! Eine kleine in Rosa gekleidete Sächsin mit sehr viel Rosen und zwei Perlmutterschnallen auf dem Kopf, und ein Herr, dessen Pomade den ganzen Saal durchduftete, und der sich zugeschworen zu haben schien, mit der Hand seiner Dame den Lüster einzustoßen. Er durchwirbelte den Saal mit der jugendlichsten Energie, jeden pas scharf accentuierend, zum großen Mißbehagen des Parketts, das unter seinen Fußtritten mißbilligend wimmerte.

»Er ist Familienvater und hat acht Kinder!« murmelte, betrübt die Achseln zuckend, Fräulein Rosa.

Gustl Beyer rieb sich vergnügt die Hände und meinte schmunzelnd: »Das verspricht gemütlich zu werden, hahaha!« Er war kurz vor der Reunion in meiner Wohnung aufgetaucht, um sich seine Manschettenknöpfe und ein weißes Hemd von mir auszuborgen. Bald hatte er sich allen anwesenden tanzlustigen Damen, die er mit bewunderungswürdigem Kennerblick von den andern zu unterscheiden wußte, vorstellen lassen und drehte sich lustig im Kreise. Es schien, als tanzten die sämtlichen Kammerjungfern und Saisonladenmädchen, um den gelangweilten Kurgästen ein Schauspiel zu bieten.

Der Husar stürmte mit einer kleinen französischen Modistin einen Galopp herunter und spießte seine Reitsporen dabei rücksichtslos in verschiedene Damenschleppen.

Als man ihn bat, eine Quadrille zu kommandieren, nahm er zwar das Kommando an, aber zu träg, die Quadrille mitzutanzen, kommandierte er sie sitzend, die Hände in den Taschen.

An und für sich hätte mir das wenig angehabt, wäre ich nicht durch die muntere Gutmütigkeit der bunten Baronin gezwungen worden, diese Quadrille mit ihr zu tanzen. Infolgedessen faßte ich das Benehmen des Husaren als eine persönliche Beleidigung auf. Gustl Beyer, der sich nicht beleidigt zu fühlen brauchte, da er nicht mit einer ihm bekannten Dame tanzte, schnitt indessen die komischsten Grimassen und gab bei der fünften Figur eine Art Cancan zum besten, dem der Husar ein lautes Bravo zollte.

Kaum hatte ich in Verzweiflung meine gutmütige Tänzerin auf ihren Platz zurückgeführt, so klopfte mir etwas leicht auf den Arm. Es war ein hellgelber Schildpattfächer. Ich wendete mich um, erblickte meine Mutter, mutwillig, unbefangen zwischen den zwei alternden Potentatentöchtern, und umgeben von zahlreichen Mitgliedern des Galbrizziklubs.

Sie, sowie ihre ganze Umgebung, trug in der Toilette die herausforderndste Einfachheit zur Schau – die beiden alternden jungen Damen, die ich eine Stunde zuvor auf der Straße mit rosa Schleifen wie die »Kindsmörderin« von Schiller geschmückt gesehen, trugen jetzt rot und gelb gestreifte Jockeyblusen, die ihre fahlen Gesichter schlecht kleideten, dafür aber ihre Verachtung des Publikums aufs energischste ausdrückten.

»Tiens, tiens!« rief meine Mutter lustig, »wer ist denn dieses Kaleidoskop, mit dem Sie die Quadrille getanzt haben, mon petit cousin?«

Nie hatte mir die süße Stimme so weh gethan! Ich wurde dunkelrot, nicht weil ich mich meiner Tänzerin und meines Fracks schämte – ich wurde rot, weil mich meine Mutter »mon petit cousin genannt hatte.

»Das Kaleidoskop ist eine sehr liebenswürdige, brave Frau. Sie tanzte nur mit mir, weil sie sah, daß ich mich langweilte,« sagte ich mit dem unklaren Bewußtsein, eine edle Pflicht zu erfüllen, und einem ebensolchen Bewußtsein, mich lächerlich zu machen.

In der That lachten die Damen ganz laut, während die Herren sich damit begnügten, zu lächeln.

Nur ein einziger lächelte nicht... ein großer, hochschultriger Mann mit schlotternden Kleidern und einem schöngewesenen Leichengesicht. Es war kein Mitglied des Galbrizziklubs – es war der Mann, den ich gestern zum erstenmal im Walde gesehen, bei dessen Anblick meine Mutter so blaß geworden war!

»Und wie Sie sich schön gemacht haben!« spöttelte eine der alternden jungen Damen.

»Es scheint hier nicht Sitte«, stotterte ich.

»Nein,« mischte sich der Mann mit dem Leichengesicht ins Gespräch – »einige von unsern jüngeren Stutzern unterlassen es, hier im Frack zu erscheinen, aus Angst, für Kellner gehalten zu werden. Da Sie aber diese Angst nicht zu haben brauchen, so können Sie sich trösten« – dabei glitt sein Blick verächtlich über die Mitglieder des Galbrizziklubs.

Meine Mutter sah ihn dankbar an; er hatte aber plötzlich die Gesellschaft verlassen und folgte einem jungen Mädchen, das mit einer älteren Dame durch den Saal promenierte und das er in der indiskretesten Manier – den Kopf weit vorschiebend – von allen Seiten angaffte.

»Qui m'aime me suit!« ruft meine Mutter – sie sprach französisch mit ihrem ganzen Kreis, der eine kosmopolitische Gesellschaft, außer den zwei alternden jungen Damen, die Schwestern sind, keine zwei Landsleute enthielt. ... »Wer will den Abend bei mir zubringen? Ich habe zwar nichts anzubieten als eine Tasse Thee und ein Lied.«

»Solche bescheidene Einladungen sind eine Pression,« sagte der hochschultrige Mann, von seinem Ausfluge zurückkehrend ... »man muß ihnen Folge leisten, um seine Uneigennützigkeit zu beweisen.«

»Tant mieux!« sagte die Galbrizzi – ich kann mich in diesem Augenblick nicht entschließen, sie anders zu nennen – und führte lachend und den Arm eines schönen, schwarzhaarigen jungen Griechen nehmend, den Rückzug aus dem Saal an. »Und Sie kommen nicht?« wendete sie sich immer französisch redend zu mir. –

»O, ich wußte nicht ...« sagte ich und fühlte, wie mein Gesicht zuckte und wie die Bitterkeit meines Herzens meine Stimme durchklang.

»Habe ich denn nicht gesagt, wer mich liebt, folge mir?« sprach die Galbrizzi.

Und ich wurde rot ... rot aus Angst darüber, wie man ihr Wesen mir gegenüber mißdeuten könne.

»Ich muß mich doch erst bei meinen Damen entschuldigen,« entgegnete ich.

»Welch' lobenswerte Pflichttreue!« sagte irgend jemand. Die Galbrizzi nickte mir lächelnd zu und rief: »Kommen Sie uns nach,« und verschwand mit ihrem Gefolge.

Als ich mich bei der Galbrizzi einfand, war ihr Salon schon voll Rauch und Lärm. Sie empfing mich sehr freundlich, stellte mich ihren Gästen als »ihren Cousin« vor und nannte mir einige davon. Der Mann mit den hohen Schultern ist ein Russe, Fürst Wladimir Suworin. Der junge Grieche Kara mit dem schönen, sentimentalen Troubadourgesicht – einem Gesicht, das man sich sozusagen nicht ohne Mandolinenbegleitung denken kann – ist irgend einer Gesandtschaft attachiert und schreibt an einer Oper.

Er saß beinahe den ganzen Abend am Klavier und spielte von Zeit zu Zeit ein acht Takte langes Ritornell zu einer griechischen Romanze, die er komponieren will, bis er mit dem Gedicht dazu fertig ist. Als man ihn bat, zu singen, wehrte er sich lang und zäh, ließ sich aber endlich herbei, den »alten König« vorzutragen. Als er geendet, drehte er sich mit unglaublicher Flinkheit auf seinem Klavierstuhle um, griff nach seiner Cigarre und rief: »c'est horrible!«

Man war höflich genug, ihn. zu widersprechen und ihn zum Weitersingen zu zwingen.

»O, singen Sie noch, es thut dem Herzen so wohl!« rief Mlle. Litschka, die jüngere der Potentatentöchter – ein gutmütiges Frauenzimmer, das beständig Thränen in den Augen hat.

»O, singen Sie noch, es thut dem Herzen so wohl!«

»Ja und es animiert die Konversation,« sagte Suworin schläfrig, mit seiner immer weichen, fast elegischen Stimme, die nicht zu ihm paßt.

Kara fing an, mit großem Gefühl »Gretchen am Spinnrade« vorzutragen. Bei der Stelle: »und ach sein Kuß«, drehte er abermals dem Klavier mit bewunderungswürdiger Flinkheit den Rücken, haschte abermals nach seiner Cigarre und schrie abermals: »c'est horrible!«

Suworin rief: »Hören Sie auf, Kara, Ihr Gesang ist arg genug, aber Ihr Gejammer ist unerträglich.«

Mlle. Pahtsch, die ältere der Potentatentöchter – anfangs bildete ich mir ein, sie heiße mit dem Familiennamen Pahtsch, und bemitleidete sie deshalb, bis ich erfuhr, daß Pahtsch die freiwillige Verstümmelung ihres Taufnamens Barbara sei, – warf den Kopf zurück, und sagte: »O, Suworin what a terrible man you are! Ich fürchte mich vor Ihnen!« und lachte – ein feines, gespenstisches Koboldlachen.

Suworin starrte sie an, als habe er sich die Aufgabe gestellt, ein Inventar ihrer Vorzüge aufzuzeichnen. Er saß sehr nahe neben ihr, die Hand auf ihrer Stuhllehne.

Unterdessen beschäftigte sich meine Mutter hinter einem großen silbernen Samowar damit, Thee zu machen. Sie hielt eine Tasse in der Hand und sah geistesabwesend vor sich hin. Ich mußte an den Nachmittag denken, damals vor langen Jahren, als sie, das heiße

Gesichtchen an die Fensterscheiben gedrückt, hinausstarrte in die graue Herbstluft. –

Die Stimmung wurde immer animierter. Ein türkischer Diplomat – ohne Fez und mit einer christlichen Berliner Erziehung – stritt mit einem preußischen über die Orientfrage – Kara trank ein Glas Grog nach dem andern, um seiner Stimme wohlzuthun; der Abenteurer mit den langen Favorits machte Fräulein Litschka den Hof – und der Bankier befliß sich, um auch etwas zur allgemeinen Heiterkeit beizutragen, geistreiche Rebusse aufzugeben, und versuchte einen Sechser auf einer Nadelspitze zu balancieren, wobei ihn ein langer, gutmütig blöder Ulan bewunderte.

Da wendete sich Suworin mitten aus seinem Gespräch mit Mlle. Pahtsch heraus an meine Mutter: »Wenn Sie etwas sängen,« begann er.

»Um die Konversation zu animieren?« fragte sie, seine Phrase wiederholend, gezwungen.

»Eher um sie zu dämpfen.« Meine Mutter klapperte unentschlossen mit den Tassen.

Ihr Blick streifte Suworin scheu und flüchtig, sie stand auf und trat langsam wie schlafwandelnd an das Klavier – dann sang sie.

Mlle. Pahtsch hatte versucht, die Konversation flüsternd fortzusetzen, Suworin sie aber mit einem Achselzucken zum Schweigen veranlaßt. Er hatte sich in seinem Sessel vorgeschoben und hielt den Ellenbogen am Knie, das Kinn in der Hand. Seine Haltung drückte ein eigentümliches Wohlbehagen aus.

Als das Lied meiner Mutter geendet, sagte er: »Sonderbar, Ihre Stimme ist die einzige in der Welt, die mir nicht wehe thut!« Kein Wort mehr, und doch lächelte meine arme Mutter wie verklärt.

»Sie haben neulich ein slovakisches Lied gesungen,« sagte jetzt Kara, der sich wieder ans Klavier gesetzt hatte und klimpernd seine noch nicht komponierte Romanze aus einem Chaos unorganischer Harmonie herauszufischen versuchte. »Singen Sie's doch.«

»Ich weiß nicht, welches Sie meinen«, sagte meine Mutter unruhig.

Ich wußte gar wohl, welches er meinte.

»Ach, das, das Sie neulich sangen« – er tastete mit einem Finger auf dem Klavier herum.

»Ich habe es verlegt,« sagte meiner Mutter verdrießlich.

»Da ist's,« rief Kara triumphierend und es aus einem Notenstoß hervorziehend.

»Aber ich werd's nicht singen,« sagte meine Mutter trotzig.

Sie nahm die Noten, zerriß sie hastig von oben bis unten und warf die beiden Stücke auf den Boden.

Mein Herz jubelte, sie war so schön in diesem Moment, so schön und so gut, daß ich den Kopf verlor und, auf sie zustürzend, ihre Hand küßte.

Sie brach mit großer Geistesgegenwart in helles Lachen aus.

»Es scheint Ihnen ganz besonders zu gefallen, wenn eine Frau Capricen hat,« sprach sie, mir auf den Arm klopfend. »Er ist ein Narr – finden Sie nicht, Suworin?«

»Wie alle Leute, die einen Groschen wert sind,« sagte er, mich scharf fixierend.

Je weiter der Abend der Nacht entgegenging, desto lebhafter wurde das Gespräch zwischen Suworin und Mlle. Pahtsch.

Meine Mutter wurde blässer und blässer, ihre Augen loderten.

»Was meinen Sie, wenn wir Champagner kommen ließen?« sagte sie mit kurzer, harter Stimme zu Kara. »Kümmern Sie sich darum.«

Der Champagner kam – aus der Tasse Thee mit einem Lied gewürzt, wurde ein wildes Bacchanale. Die Pahtsch spritzte Suworin ein paar Tropfen Champagner ins Gesicht und warf sich hierauf lachend und seufzend mit einem Citat aus der Perichole in ihrem Fauteuil zurück: »J' suis grise,« murmelte sie, »j'suis grise!«

Der gutmütig blöde Ulan mit den langen Beinen und dem bereitwilligen Gelächter setzte sich ans Pianino und spielte mit großem Pedalaufwand und sehr falschen Bässen einen Walzer. Es wurde lauter und bunter. Ein paar Sessel fielen um, eine Theetasse zerbrach. Kara tanzte, nachdem er vergeblich mit dem preußischen Diplomaten im Takt zu walzen versucht hatte, ein neugriechisches

Solo, das übrigens nicht im stande war, seine klassisch schöne Gestalt lächerlich zu machen.

Meine Mutter klopfte applaudierend mit ihrem Champagnerglas auf den Tisch, mischte sich aber noch nicht ins Gewühl.

Da bat die Pahtsch um einen Galopp. Der Ulan fuhr sich mit seinen großen, weißen Händen nachdenklich über den Hinterkopf und stürzte sich sodann mit noch falscheren Bässen in schwindelndes Tempo.

Zu meinem Erstaunen tanzte jetzt Suworin mit der Pahtsch, und zwar mit mehr Energie, als ich seiner müden Erscheinung zugetraut hätte, und als man bei uns civilisierten Europäern auf dies unschuldige Vergnügen verwendet.

Es wurde lauter und bunter.

»Sie halten mich für zu alt zum Tanzen, Kara?« rief meine Mutter. . . .

Das letzte, was ich sah, war Kara, einen grünen Lampenschirm auf dem Kopf durchs Zimmer wirbelnd – in seinen Armen, ein bacchantisches Lächeln auf den Lippen, die wundervollen Haare verworren den Rücken herabfallend – die Galbrizzi –

Ich schlich mich fort.

Ich schämte mich ihrer, ich verachtete sie – ich haßte sie.

Am nächsten Morgen sah ich sie am Brunnen, sie sah so elend aus und reichte mir mit solch zärtlichem Lächeln die Hand, daß mein Zorn schmolz. Kaum hatte ich jedoch drei Worte mit ihr gewechselt, so kam Kara, grüßte mich flüchtig, küßte ihre Hand und reichte ihr ein großes weißes Rosenbouquet.

»Ich habe die Pferde auf neun Uhr bestellt – werden Sie bereit sein, Gräfin?« sagte er.

Meine Mutter lachte. »Warum zweifeln Sie?«

»Weil Damen immer unpünktlich sind,« sagte er und sah sie durch sein Monocle, das zu seinem klassisch geschnittenen Alexanderkopf absurd steht, zärtlich verschlafen an.

»Hoffentlich glauben Sie nicht, daß es sich um eine Entführung handelt,« ruft meine Mutter, sich zu mir wendend. »Wir haben vorläufig nur einen Spaziergang projektiert. Kommen Sie mit?«

»Ich protestiere!« rief Kara – »ich kann einen Spazierritt mit ungeraden Zahlen nicht leiden.«

»O, fürchten Sie nichts,« rief ich heftig, »ich habe nicht die geringste Lust, Sie zu stören.«

Kara sah mich groß an. »Tiens, il est jaloux, celui-là,« sagte er gedehnt.

Meiner Mutter Lippen zitterten – schon wähnte ich, sie würde alle weiteren Bemerkungen durch das eine Wort: »Er ist mein Sohn!« abschneiden. Aber nein, sie lachte nur gezwungen und sagte, mir die Hand reichend: »Morgen reite ich mit Ihnen.«

Ich nahm ihre Hand nicht und entfernte mich stumm.

Während ich mich mißmutig durch die Menge schlich, bemerkte ich einen Mann mit langem, schlecht gestutztem Haar, gebückten Schultern und schleppendem Gang sich der Quelle nähernd. Sein Glas, das ihm lose am Finger hing, entglitt ihm und fiel auf den weichen Sand. Ich hielt ihn für einen Greis, hob das Glas auf und reichte es ihm. Indem erkannte ich Suworin.

»Comment ça va?« rief er, mir die Hand reichend.

»Ich danke, gut,« murmelte ich.

»Es scheint nicht gerade,« sagte er, mich neugierig anblinzelnd. »Haben Sie sich gestern unterhalten?«

»Es war amüsant,« stotterte ich.

»Ja, es erinnert etwas an den ersten Akt der Kameliendame, aber es war sehr amüsant.« Er bot mir eine Cigarette an, nahm mich unterm Arm, und wir marschierten zwischen der Menge weiter. Er starrte beständig nach rechts und links, sah leicht blinzelnd den Damen ins Gesicht, ohne eine Spur wirklichen Interesses, als ob er zu zerstreut wäre, eine alte Gewohnheit zu ändern, obwohl sie längst jeden Sinn für ihn verloren.

»Es wird einem angst unter diesen halblebendigen Weibern ... kein Körper, keine Seele!« murmelte er.

Indem sprengten rasche Hufe an uns vorbei, ich sehe auf und erblicke meine Mutter auf einem Rappen und neben ihr auf einem Schimmel Alexander Kara.

Sie sieht unvergleichlich schön aus. Das knappe Reitkleid umschmiegt zärtlich ihre Gestalt, der gradkrempige Männerhut wirft einen verführerischen Schatten über ihre großen, müden, leidenschaftlichen Augen, über ihr schmales, totenbleiches Gesicht.

Suworin grüßt gleichgültig. Meine Mutter nickt kaum mit dem Kopf und gibt ihrem Pferd einen Hieb, daß es sich bäumt.

Kara streckt die Hand nach den Zügeln ihres Pferdes aus; ich sehe die beiden Köpfe, den blonden und den schwarzen, so nahe nebeneinander, daß ihre Haare einander berühren, dann verschwinden sie zwischen dem grünlichen Gezitter der dunklen Blätterschatten.

Mir war das Blut in die Wangen geschossen, Suworin merkte aber meine Aufregung nicht. Er hatte meinen Arm fahren lassen und sich auf eine aus Birkenästen gezimmerte Bank gesetzt, von wo aus er der Galbrizzi nachstarrte. »Hat Glück, der kleine Kara,« murmelte er.

Mir wird immer heißer, es saust mir in den Ohren und flimmert mir vor den Augen. Am liebsten möchte ich mich auf den Boden niederwerfen und mein Gesicht verstecken und kühlen in dem grünen, tauigen Gras.

»Kennen Sie die Galbrizzi genau?« rufe ich, plötzlich zu dem Fürsten aufsehend.

»Wenn sie überhaupt jemand kennt.«

»Von was lebt sie denn eigentlich?« frage ich düster.

»Jetzt? . . . Von ihren Renten. Sergei Golgonsky hat ihr sein Vermögen vermacht, er ist im vorigen Herbst in Nizza gestorben.«

Es ist alles still um uns, nur die Insekten flüstern im Gras, und durch die Bäume schwirrt ein leiser, trauriger Wind.

»Hab' ich ein Attentat auf Ihre Illusionen verübt?« fragt Suworin.

Statt aller Antwort stöhne ich heftig auf.

Er starrt mich befremdet aus seinen schönen, halbverschleierten Augen an, dann nimmt er mir den Hut vom Kopfe und dreht, mich beim Kinn fassend, mein Gesicht nach rechts und links. »Wie mir das entgehen konnte!« murmelte er. »Sie sind der Sohn der Galbrizzi!«

Ich verstecke meinen Kopf in die Hände und weine bitterlich.

Und er versteht mich! . . . Ich dachte schon, er habe sich entfernt, mich allein gelassen; da legte er mir die Hand auf den Nacken. »Nehmen Sie sich zusammen,« ruft er, »ein paar Thränen thun gut, aber zu viele taugen nichts.« –

»O, wenn ich nur sterben könnte, das Leben ekelt mich!«

»Sie werden sich daran gewöhnen,« versicherte er, »die meisten jungen Leute, die etwas wert sind und Zartgefühl genug besitzen, um vor der schönsten der Welten zu erschrecken, haben Momente solcher Lebensunlust, und uns allen fällt das Sterben in der Jugend leichter als im Alter.«

»Sie haben nie gelitten wie ich,« grollte ich.

Er lachte nur leise und sagte dann: »Daß doch alle jungen Leute den Montblanc des Schmerzes allein erstiegen haben wollen!«

Er strich mit einem Zündhölzchen wie ein Bettler über den struppigen Aermel seines Paletots und zündete sich eine frische Cigarette an. Dabei blickte er weit vor sich hin. Dann sagte er: »Schütteln Sie den Staub von den Füßen, gehen Sie in die Welt, arbeiten Sie hart, unterhalten Sie sich, wenn Sie können, lieben Sie, wenn Sie nicht anders können. Diesem Recept folgend, werden Sie bei ihrem Temperament das Leben zwar nie sehr schön, aber erträglich finden.«

»Gibt es nichts andres?« entgegnete ich.

»Es gibt Opium! Das Glück ist die Fähigkeit, sich zu täuschen, und wenn es Ihnen einerlei ist, wie Sie sich diese Fähigkeit aneignen, so . . .«

»Ach, um mich handelt sich's ja gar nicht mehr, aber sie . . . muß ich sie verlassen . . . in diesem Leben lassen, könnt' ich sie nicht losreißen davon und langsam an etwas Besseres gewöhnen? – Sie schütteln den Kopf, Sie meinen, daß sie nie einwilligen werde, eine einsame, langweilige Existenz mit mir zu führen? – Aber ich versichere Sie, manchmal – ja manchmal hat sie mich lieb!« rief ich, dann wendete ich den Kopf ab aus Angst vor seinem skeptischen Lächeln.

Ich hatte mich umsonst gefürchtet.

Suworin erhob sich und reichte mir die Hand. »Thun Sie, was Ihnen Ihr Herz eingibt,« sprach er, »es wird immer besser sein als alles, was ich Ihnen raten könnte.«

Dann entfernte er sich.

Denselben Vormittag sah ich ihn wieder im Park, er dankte kaum, als ich ihn grüßte, und maß mich mit einer mehr als gleichgültigen – einer kalten, gelangweilten Miene. Seine ganze Haltung trug den Stempel krassesten Cynismus, auf seinen Lippen war ein häßliches Lächeln – in seinen Augen kein Licht!

*

Aus dem Park ging ich zu meiner Mutter. Sie ließ mich vor. Kaum von ihrem Ritt zurückgekehrt, hatte sie eben erst ihr Reitkleid mit einem losen weißen Peignoir vertauscht. Ihr Haar hing ihr in langen, unordentlichen Strähnen über den Rücken. Es sah rauh und spröd aus; unter ihren heißen, blutrünstigen Augen flackerte ein leichtes Rot wie der Wiederschein einer Flamme. Als ich eintrat, ging sie eben mit kurzen, scharf betonten Schritten auf und nieder.

Ohne ein Wort zu sagen, berührte sie meine Wange mit ihren glühenden, zersprungenen Lippen und gebot mir durch eine hastige Bewegung, Platz zu nehmen. Nachdem sie noch eine Weile auf und nieder gegangen war, setzte sie sich zu mir. Sie zupfte beständig an ihren Fingerspitzen, an ihren Aermeln, an ihren Haaren.

»Hat dich dein Ritt sehr ermüdet?« hub ich leise zu reden an und versuchte ihre Hand zu nehmen.

Sie zuckte bei meiner Berührung zusammen und sah mich starr an. »Mein Ritt?« wiederholte sie – »mein Ritt?« Dann auflachend . . . »Ach richtig, ich bin ja ausgeritten – ich hatte vergessen . . . mon Dieu ça avait si peu d'importance!« Sie legte die Arme um die Knie und wiegte sich auf und nieder. »Et vous? – haben Sie sich gut mit Suworin unterhalten?« rief sie mich französisch beinahe barsch an.

»Mutter!« hauchte ich, »vergißt du denn alles?«

»Ach, ich vergesse nichts,« rief sie, »glaubst du denn, es sei einem leicht, zu vergessen, daß man einen zwanzigjährigen Sohn hat?«

Bisher hatte ich geglaubt, sie habe aus Zartgefühl, ihrer falschen Stellung wegen, sich nicht öffentlich als meine Mutter zu bekennen gewagt, jetzt aber merkte ich, daß sie sich meiner schämte.

»Andre Frauen meines Alters führen kleine, fünfjährige Bübchen an der Hand . . . wie das jung macht . . . während ich . . . das kommt davon, wenn man sich als fünfzehnjähriges Kind eine Kette um den Fuß schmiedet. Mein Gott, mein ganzes Leben – alles, was mir die Leute vorwerfen, ist ja nur eine Folge davon . . . davon! . . .« Sie fing an zu schluchzen, ohne Thränen zu vergießen, nicht schmerzlich, sondern mit einer Art Wut. –

Tödlich verletzt erhob ich mich, wollte mich ohne ein Wort entfernen, da rief sie mich zurück. »Alfons!« schrie sie, »wo willst du hin? Um des Himmels willen, verlaß mich nicht!« Sie klammerte sich an mich und küßte mich mit wilden, leidenschaftlichen Küssen – Küssen, die nicht mir galten – vor denen mir graute. Ich wehrte sie von mir ab. Da weinte sie heftig, zornig, wie ein Kind und klagte, daß ich sie nicht mehr liebe, und daß sie es freilich nicht verdient habe, aber . . . ich solle nur bedenken! –

Ich führte sie zu ihrem Sitz zurück, nahm ihre Hand und behielt sie fest in der meinen. »Mutter, ich hab' dich lieb, wie niemand in der Welt dich je lieb gehabt hat,« versicherte ich ihr – »aber ich kann's nicht ertragen . . .« ich stotterte, es wurde mir heiß . . . »das schiefe Licht, in das die Verheimlichung unsrer Verwandtschaft unser Verhältnis stellt, macht mich zu elend. Glaubst du . . . könntest du deinem hohlen Freudenleben entsagen und mit mir ziehen, ich würde nur für dich existieren, was ich dir an den Augen absehen könnte, thät ich dir . . . es wäre nicht viel, aber . . .«

Sie lehnte sich an mich, sie streichelte mich. »Was dir einfällt!« rief sie heftig. »Was wirst du dir in deinen jungen, schönen Tagen so eine Last aufhalsen. Du mußt das Leben genießen, mußt dich andern Frauen widmen, als deiner alten Mutter. Ich wäre dir nur im Weg – gar bis der Tag käme, an dem du ein junges, schönes Mädchen heimführen wolltest. Da . . . da . . . du weißt gar nicht, wie groß das Opfer ist, das du mir bringen willst!« Ich sprang auf. Ich fühlte, daß sich hinter diesen schönen Redensarten die Angst vor der Langweile eines regelmäßigen Lebens barg.

»Sprich mir nicht von meinem Opfer, Mutter!« rief ich, »ich denke nicht daran – alles, woran ich denke, ist, daß ich nicht länger am Ufer zuschauen will, während du in der Flut versinkst. Hast du die Kraft, mir zu folgen, oder . . . soll ich vergessen, daß ich je eine Mutter gehabt habe? . . .« meine Stimme brach. »Ich weiß, es wird dir anfangs hart vorkommen« – setzte ich weicher hinzu – »so allein zu leben mit mir . . . aber . . . vielleicht gewöhnst du dich daran. Mutter, liebe Mutter . . . es hat eine Zeit gegeben, wo wir einander alles waren, du und ich . . . erinnerst du dich denn nicht mehr?« –

Da traten zwei große Thränen aus ihren Augen, und sie lispelte nur das eine Wort: »Mein Kind!« und legte die Arme um meinen Hals.

Ich glaubte, ich hätte gesiegt! –

*

Den Nachmittag ließ sie sich verleugnen, und um fünf Uhr aß ich allein mit ihr an einem kleinen, runden Tisch, der mit schön geformtem Silbergerät und funkelndem Krystall bedeckt war. Sie legte mir die zartesten Bissen vor, füllte mein Glas mit süßem Wein und nannte mich »mein Kind«. Der alte Kammerdiener, der servierte, sprach von mir als von dem »jungen Herrn« und blinzelte uns nicht mehr zweideutig an. Ich wußte, daß sie ihm gesagt, ich sei ihr Sohn.

Mein Herz war leicht wie ein Vogel und klopfte mir in der Brust herum, daß ich glaubte, es wolle ganz heraushüpfen.

Doch da – der alte Diener hatte das Dessert aufgetragen und uns allein gelassen – meine Mutter reichte mir eben einen rotwangigen Pfirsich über den Tisch hinüber – da wurde ihr Antlitz plötzlich totenblaß und ihr Auge starr. Der Pfirsich entglitt ihrer Hand und rollte mitten zwischen die Weingläser hinein, daß eines davon mit schrillem Geklirr umfiel und zersprang!

Ich wandte mich nach dem Fenster, auf das ihr starrer Blick gerichtet war, und sah eine große, gebückte Gestalt vorüberschleichen – Suworin! –

Von dem Moment an blieb meine Mutter sehr traurig und zerstreut.. Manchmal heftete sich ihr Blick wieder auf die halbgeschlossene Persienne, als erwarte sie noch einmal ein paar gebückte Schultern zu sehen.

Ich versuchte, um sie zu zerstreuen, ihr vorzulesen, einen insipiden, aber höchst gefühlvollen französischen Roman, den sie mir als ein Meisterwerk von Geist und Empfindung gepriesen, aber – sie hörte nicht zu. Sie hatte wieder die Hände um die Knie geschlungen und wiegte sich einförmig hin und her.

Endlich schloß ich das Buch. Sie war vertieft in ihre eigenen Gedanken und merkte es kaum.

»Willst du nicht singen, Mutter?« bat ich leise.

Sie fuhr zusammen. »Singen,« murmelte sie . . . »Ja, ich will singen.«

Damit setzte sie sich ans Klavier . . . sie schlug ein paarmal mit der Handfläche auf die Tasten wie ein launenhaftes Kind. Die häßlichen Dissonanzen schienen ihr wohl zu thun. Ein irres Lächeln, ein Lächeln, wie es einem nur die bitterste Seelenqual abringt, verzog ihre Lippen, dann hob sie an. Der erste Ton brach ihr in der Kehle. Ihre Hände glitten von den Tasten und an ihren Seiten nieder, ihre Finger berührten fast den Boden und wieder schweifte ihr Blick nach dem Fenster. Ich hatte mich ihr genähert, und sie strich mir liebkosend über den Arm, ihre Hand war kalt und zitterte wie Espenlaub.

»Mutter, du fieberst, leg dich zu Bett,« drang ich in sie.

»Mich zu Bett legen,« ächzte sie, »o nein, ich möchte einen Spaziergang machen, einen weiten, weiten Spaziergang bis ans Ende der Welt, irgend wohin, wo es kühl ist, wo es kein Feuer und keine Liebe gibt!«

Sie schien wie von Sinnen.

Wir gingen aus. Es dämmerte. Der eigenartige Geruch des Augustabends, ein Gemisch von Staub, Rosenduft und versengten Blättern, erfüllte die Luft, die Kurgäste schlenderten träge, unschlüssig, wie Leute, die kein Ziel vor sich haben, durch das laue Halbdunkel. Ein leichter Wind zischelte in den Bäumen der Hauptallee.

Meine Mutter hatte einen Schleier über den Kopf geworfen, schob ihn jedoch bald mit den Worten: »Ich ersticke,« zurück. Sie schleppte sich kaum, ich zog sie mehr, als sie ging, und doch konnte ich meine Schritte nicht genug beeilen, sie drängte mich immer, noch rascher zu gehen.

Ehe wir ins freie Feld hinaus konnten, mußten wir am Park vorüber. Durch die schwüle Dämmerung klang die Musik des Abendkonzertes.

Meine Mutter blieb stehen. »Wenn wir in den Park hineingingen?« flüsterte sie.

Drei Minuten zuvor hatte sie die Menschen fliehen wollen!

Auf dem breiten Mittelweg des Parkes zwischen den Tischen und Bäumen tummelten sich ein paar Kinder; ihre frischen, fröhlichen Stimmchen schwirrten alle durcheinander. Einige von ihnen tanzten. An den Tischen saßen bleiche Frauen, hie und da ein gähnender

Mann. Und alles war vom Staube und von grauem Zwielicht wie in Nebel eingehüllt.

Der Blick meiner Mutter irrte hin und her. Plötzlich umklammerte sie meinen Arm krampfhaft. Ein paar Schritte von uns saß Mademoiselle Pahtsch, den Hut tiefer im Nacken, die runden Augen glänzender, die aristokratisch geschwungenen Nasenflügel beweglicher als sonst; die Füße leicht unter dem Saum ihres Kleides hervorgeschoben, daß man ihre winzigen Lackschuhe und ihre gelb und blau gestreiften Strümpfe sehen konnte. Neben ihr, den Ellbogen auf ihrer Stuhllehne, den Kopf fast an ihrer Hutkrämpe, saß Suworin. Er bemerkte uns nicht. Meine Mutter biß sich die Lippen bis aufs Blut und eilte hastig an den beiden vorüber, obgleich die helle, gläserne Stimme Mademoiselle Pahtschs ihr liebenswürdig zurief:»Ilka, willst du dich nicht zu uns setzen?«

Sie eilte weiter und weiter. Den Park hatten wir längst hinter uns gelassen, und noch immer eilte sie so. Ihre Augen waren starr, ihr heißer Atem drang stöhnend über ihre Lippen. Es klang wie das Gewimmer des Windes, der jetzt, den Staub aufkräuselnd, die Erde entlang fuhr und ein Gewitter ankündigte.

Da ragte aus der Fläche eine weiße Kirchhofsmauer empor und hinter ihr ernste, schwarze Eisenkreuze und graue Denkmäler von Stein. Ein paar Raben kreisten über dem Ort, man sah sie deutlich schwarz gegen das violette Gedüster des Gewitterhimmels.

Meine Mutter stützte beide Hände auf die niedere Kirchhofsmauer und blickte zwischen die Gräber ... »irgend wohin, irgend wohin, wo es kein Feuer und keine Liebe gibt!« hörte ich sie noch einmal murmeln .... Sie hob die Brust krampfhaft, als wolle sie sich zwingen zu weinen, aber sie konnte nicht. – Dann wendete sie sich zu mir – ach, ich vergesse es nie – nicht die glühende, zitternde Hand, mit der sie mich bei der Schulter packte, nicht ihren Atem, der meine Wange verbrannte, nicht die halb erloschene Stimme, die mir zuächzte:»Alfons, bring mich um!«

Ich vergesse es nie!

Die Starrheit, die sie bisher aufrecht erhalten hatte, verließ sie, ihre Gestalt sank schlaff zusammen, sie tappte um sich, als schwindle ihr; ich half ihr, sich niederzusetzen auf das kurze, trockene Gras, das die niedrige Anhöhe übergrünte, worauf der Kirchhof erbaut ist.

Zu unsern Füßen breitete sich eine Wiese aus, die ein schmaler, von Brombeerranken und Huflattich halb verdeckter Bach durchschlängelte. Er murmelte eintönig immer dasselbe – immer dasselbe; eine Grille zirpte schrill und zufrieden, und aus weiter Ferne, undeutlich und verschwommen, klang die Parkmusik zu uns herüber!

Die Atmosphäre wurde schwerer und schwüler, aus der Wiese flog der üppige, süße, lebensreiche Duft, den die lechzende Erde vor einem Gewitter schmeichelnd und bittend dem Himmel entgegensendet, über die Kirchhofsmauer schwebte ein dumpfer, fauler Totengeruch. Dieses Gemisch war unsagbar ekel!

Ich wollte meine Mutter dazu bewegen, den unheimlichen Ort zu verlassen. Umsonst! Sie grub die Hände ins Gras und schüttelte mit wildem Trotz den Kopf. »Die Leute sagen, es sei eine Sünde . . . die Liebe, wie ich sie fühle,« murmelte sie vor sich hin – »als hätt' ich sie mir ins Herz gepflanzt. Ich . . . Zehn Jahre meines Lebens, ja meine rechte Hand gäbe ich, um frei davon zu sein.« Eine Weile war sie still, dann wieder: »Wie mich das brennt, hier und hier!« Sie griff sich an die Stirn und griff sich ans Herz, »hier und hier!«

Dann veränderte sich ihre Stimmung, sie schloß die Augen, ihre Gestalt drückte eine träumerische, offenbar angenehme Mattigkeit aus. »Und manchmal ist's doch so schön!« lispelte sie mit verschleierter, schlaftrunkener Stimme, »so wunderschön! . . .«

An das Gefühl, wie es mich überkam, während sie von ihrer Leidenschaft sprach, kann ich mich nur schaudernd erinnern; doch trachtete ich, weder meine Geduld, noch meine Fassung zu verlieren.

»Mutter!« drang ich noch einmal in sie, »kehren wir um, der Regen droht.«

»Um so besser – um so besser! Ich bin durstig!

Da zerriß ein roter Blitz den schieferfarbenen Himmel, ein Donnerschlag durchschütterte die kühle Luft, die Erde erzitterte, ich glaubte, die Toten in ihren Särgen rasseln zu hören. Die ersten großen Tropfen fielen zögernd, dann rauschte das Wasser ungestüm aus den traurigen Wolken herab. Meine arme Mutter atmete tief auf. »Das thut wohl!« rief sie und ließ sich nun ganz sanft und gutwillig von mir nach Hause führen. Ich mußte den Tag mit ihr zubringen. Sie lag erschöpft auf einer Chaiselongue und hielt mich beständig bei der Hand. Ehe ich mich von ihr trennte, flüsterte sie: »Ich habe dir wehe gethan, mein armes Kind, ich habe irre gesprochen, die Gewitterluft war schuld daran, verzeihe mir!«

Dann schob sie die Haare mit beiden Händen von den Schläfen zurück. »Ja, ich war schlecht!« ächzte sie – »und ich kann nicht mehr gut werden – aber ich leide fürchterlich!«

Es regnete die ganze Nacht, und zwischen dem langatmigen, traurigen Rauschen hörte ich immer wieder eine halberloschene Stimme, die mir zurief: »Bring mich um . . . bring mich um! . . .«

Den 8. August 187 .

Ich kann's nicht abschütteln – es ist schrecklich dieser ewige Totengeruch, und diese Stimme, die mir immer wieder ins Ohr zischelt: »Bring mich um!«

Ich weiß nicht, war es die Sumpfluft, oder der kalte Gewitterregen, der mir's angethan, aber seit jenem Abend bin ich krank. – Manchmal denke ich, es müssen die Augen meiner Mutter gewesen sein! – Sie waren so dunkel, so schwül, der Blick ganz in das Gift jener unseligen Leidenschaft eingetaucht. –

Statt meiner früheren Müdigkeit quält mich beständig Unruhe. Ich habe heute ein Fenster zerschlagen, weil mich das Geknatter des Rahmens verdroß! – O, dieser ewige Totengeruch!

(Hier ein paar Zeilen völlig unleserlich.)

*

Zwei Stunden später.

Meine Hand folgt meinem Verstand nicht mehr – ich bin schläfrig. Ich bin beständig schläfrig, und kann doch nicht schlafen – ich nicke ein, verliere das Bewußtsein und sehe aus halbgeschlossenen Augen alles, was mich umgibt – nur noch viel andres dazu . . . es ist alles so wirr, so wirr! . . .

Ich hörte ein lautes Knochengerassel und sah auf der Tischdecke einen schönen schwarzbärtigen jungen Mann sitzen; er hatte den Mund voll weißer Rosen und zischelte mit halberstickter, undeutlicher Stimme, auf mich deutend: »Er ist eifersüchtig!«

Plötzlich zuckte ich zusammen und erwachte. Es ist Gustl Beyer, der auf meiner Tischecke sitzt. Er hat in der letzten Zeit täglich Geld von mir geborgt – jetzt wollte er noch Reisegeld von mir haben. Ich stellte es ihm zur Verfügung. Er schwur mir ewige Dankbarkeit. »Ich möchte dir meine Uhrkette zum Andenken lassen, aber ich hab' sie gestern verkauft – da, da hast du mein Medaillon, es hat meine erste Liebe drin gewohnt, es wird dir Glück bringen.« Damit küßte er mich auf beide Wangen und verschwand.

Nach einer halben Stunde kehrte er wieder. »Du,« rief er ohne alle Verlegenheit, »ich bitte dich, gib mir das Medaillon zurück, es gehört eigentlich nicht mir, das hatte ich vergessen. Da hast du den Revolver, der dir sonst so gut gefiel. Ich brauche ihn nicht, mich werden keine Räuber ausplündern wollen.«

Jetzt ist er fort, der kleine Revolver liegt auf dem Tisch – mir graut vor ihm, wie vor einem lebenden Wesen – ich kann die Augen nicht von ihm lassen – ich schiebe ihn von mir – aber langsam kriecht er auf mich zu – kriecht mir bis in die Hand. –

Den 30. August 187 .

Meine Mutter hat mich nur vor ihrem Kammerdiener anerkannt, vor der Welt heiße ich noch immer ihr »petit cousin Alphonse« und Kara fragt mich, ob ich eifersüchtig bin. Neulich hob ich die Hand, um ihn zu schlagen. Doch hielt ich mich zurück.

Ob sie mit mir gehen wird? Uebermorgen sollen wir reisen. . . .

Ich bin so müde . . . mir schwindelt. . . . Sie wird täglich unruhiger. Ihre Liebkosungen sind hastig, schwanken zwischen unnatürlicher Kälte und Leidenschaft.

*

Dieser Totengeruch ist unerträglich, mich erstickt die Zimmerluft. Ich geh' ins Freie! – –

*

So lautet das Ende des Manuskripts. Heute habe ich's ausgelesen.

Der Arzt kam, als ich's noch in den Händen hielt.

Er fühlte meinen Puls und sagte, es sei alles in bester Ordnung.

Ich lächelte vor mich hin. »Nicht wahr, ich bin ein sehr vernünftiger Narr?« sagte ich, dann plötzlich zu ihm aufsehend. Er schien etwas befremdet.

»Mein Lieber, Sie leiden an einer idée – fixe – die Folge sehr heftiger Seelenerschütterungen, aber Sie sind nicht irrsinnig – nicht im geringsten,« versicherte er höflich.

»Und wenn ich nicht irrsinnig bin, was thue ich denn hier?« fragte ich.

»Es wird nicht mehr lange dauern« – beschwichtigte er.

Da fuhr ich auf. – »Glauben Sie, daß mir das einen Trost gewährt... was soll ich denn anfangen draußen?... Kein Mensch wird mir die Hand reichen, meinen Bedienten werd' ich dreifach bezahlen müssen – und schließlich doch nur einen Schurken bekommen.«

»Mein Lieber, das ist ja eben Ihre idée fixe.«

»Mein Idee ist, mir einzubilden, meine Mutter erschossen zu haben« – rief ich mit gellender Stimme.

»Ihre Mutter hat sich selbst erschossen – Sie sind dazu gekommen, und der Schrecken hat sie ...«

»Ach, so hat man mich verteidigt! Gehen Sie, Doktor – gehen Sie – Sie bringen mich auf... ich bin zwar ein sehr vernünftiger Narr, aber es könnte doch geschehen, daß ich mich an Ihnen vergriffe.«

⋏

Er hat mich allein gelassen. Glaubt er an meine Unschuld?... Ich weiß nicht, ich denke, er ist neugierig, möchte gern genau wissen, wie alles kam.

Ja, wie es kam! Ich entsinne mich dessen noch gut. – Wenn der rote Nebel sich nur lichten wollte!... Wenn die Gestalten nur aufhö-

ren wollten, zu tanzen, dann könnt' ich mich sammeln ... so ... Ja
so ...

Sie war gut gegen mich und sie liebkoste mich – aber sie war immer zerstreut dabei, und ich merkte von Tag zu Tag deutlicher, daß
ich ihr nichts sei, als eine Erinnerung an ihre längst vergangene, süß
makellose Jugendzeit. – Und trotzdem klammerte ich mich täglich
fester an sie. –

Es war Abend. Auf mein leidenschaftliches Drängen, unsre Abreise für den Morgen festzusetzen, gab sie hastige, zerstreute Erwi-
derungen. Schließlich wurde sie sehr einsilbig und erklärte, sie sei
unwohl.

Ich zog mich zurück. Aber schon auf dem halben Weg nach meiner Wohnung kehrte ich noch einmal um, schlich bis unter ihre
Fenster.

In ihrem Zimmer brannte noch Licht, und hinter der halbgeschlossenen Persienne sah ich sie unaufhörlich auf und nieder irren.

Die Nacht war schwül und still, die Nachtfalter flogen mir ums
Gesicht. Da vernahm ich einen sich langsam nähernden Schritt. Ich
sah, wie meine Mutter im Gehen inne hielt, sah, wie ihr ganzer
Körper den Ausdruck leidenschaftlich gespannten Horchens an-
nahm. Der Schritt näherte sich – er kam an der Hausthür vorbei.

Da riß die Galbrizzi die Persienne auf und beugte sich hinaus in
die graue Schwüle und rief mit heiserer Raubvogelstimme: »Suworin!«

»Suworin!« rief sie noch einmal, diesmal leiser und weicher. Da
wandte er sich um und trat ins Haus. Die Persienne schloß sich
wieder, aber nur schlecht, denn sie knatterte und zitterte beständig.

Ich sah sie beide ganz deutlich – ihn, der ihr gleichgültig die
Hand entgegenstreckte, sie – die diese Hand kaum mit den Fingerspitzen berührte und, sich von ihm fernhaltend, einen Sitz am Klavier einnahm, während er sich unaufgefordert in einem Fauteuil
ausstreckte.

In ihrem Wesen war etwas Gezwungenes, Gekünsteltes. Sie tastete unruhig an sich herum, an ihren Haaren und den Blumen an
ihrer Brust. Es waren volle, blutrote Rosen, die gegen ihr schmelz-

benähtes, tief im Viereck ausgeschnittenes schwarzes Kleid wunderbar abstachen.

Er schwieg. Offenbar erwartete er, sie werde ihm eine Erklärung geben für die sonderbare Art, mit der sie ihn zu sich gerufen.

Ihre ersten Worte waren: »Finden Sie nicht, daß ich zu blaß bin, um rote Rosen zu tragen?«

»Haben Sie mich hereingerufen, um diese wichtige Frage zu entscheiden?« sagte er, die Brauen in die Stirn schiebend.

»Mon Dieu!« sie zuckte die Achseln, – »ich habe Sie gerufen, weil ... weil ... ich wußte nicht, daß Sie in besonders wichtiger Weise über ihre sehr wertvolle Zeit verfügt hätten.« Sie legte die Hände aufs Klavier und schlug ein paar gellend falsche Akkorde an.

»Werden Sie vielleicht von der Pahtsch erwartet?«

»Ich war auf dem Wege zu ihr,« entgegnete Suworin – »das konnte mich natürlich nicht hindern, mich bei Ihnen aufzuhalten, Ilka. Sie wissen, wenn ich Ihnen in irgend einer Weise zu Diensten stehen kann, bin ich immer bereit.«

»Mich bei Ihnen aufhalten ...« wiederholt meine Mutter in spöttischem Ton und schlägt eine noch schrillere Dissonanz an. »Ach, so ... Sie können gehen, ich habe keinen Dienst von Ihnen verlangen wollen – gar keinen!«

Er zeigt jedoch keine Lust, sich zu entfernen, sondern zieht seine Tula-Tabakdose aus der Tasche und dreht sich eine Cigarette. Da springt meine Mutter vom Klaviersessel auf und ruft, sich voll zu ihm wendend: »Nein, ich habe keinen Dienst von Ihnen benötigt, ich habe Sie gerufen, weil ich mich langweilte, weil ich mich nach Ihnen sehnte. So, verachten Sie mich, Suworin!«

Ein wunderbares Lächeln umspielte ihre Lippen, während sie dem Fürsten beide Hände entgegenstreckte.

Er nahm sie, die weichen Hände mit den Grübchen an den Knöcheln und den lieben, rosigen Fingerspitzen, und hielt sie an sein Gesicht. Ich glaubte, er wolle sie küssen, aber nein, er atmete nur tief und sagte: »Welch köstliches Parfüm Sie gebrauchen. Nun ich schon da bin, könnten Sie mir eigentlich eine Tasse Thee schenken.«

Die Galbrizzi legte den Kopf zurück und lachte – ein kurzes, zigeunerisches Lachen. »Das sieht Ihnen ähnlich, Suworin!« rief sie, »weil ich zufälligerweise ein Parfüm gebraucht habe, das Ihren Nerven behagt, thun Sie mir die Ehre, eine Tasse Thee von mir zu verlangen. Hm! Je vois les choses, comme elles sont . . . und mache mir über Ihre Zuneigung gar keine Illusionen.« Sie läutete und bestellte den Thee.

Der Frost schüttelte mich inmitten der schwülen Sommernacht!

Suworin lag mit halb geschlossenen Augen in seinem Fauteuil, er erwiderte auf ihre Rede nichts; – nur als sie, das Knie auf einen Sessel gestützt, die Arme auf der Lehne, zu ihm hinüber lachte, da sagte er: »Wie jung Sie noch aussehen, Ilka!«

Sie errötete vor Vergnügen.

»Jünger als Mademoiselle Pahtsch?« fragte sie kokett.

»Pahtsch! Pahtsch!« murmelte er zerstreut, – »wer ist das?«

»Die Dame, der Sie, meinem Parfüm zuliebe, untreu geworden sind,« sagt die Galbrizzi und sieht auf ihre mit Türkisen besäten Hände hinunter.

»Ja, richtig.« –

»Was hat Sie eigentlich hingezogen zu ihr?« fragte die Galbrizzi.

Er zuckt schweigend die Achseln. Meine Mutter hat sich niedergesetzt, sie dreht die Ringe an ihren Händen hin und her, streckt schließlich die Linke nach Suworin aus und deutet auf einen Ring von besonderer Form, einen langen Türkisenring mit Brillantstaub eingefaßt.

»Wissen Sie, von wem ich den Ring hab'?« fragte sie.

»Den Ring?« er dachte einen Augenblick nach . . . »den Ring . . . von mir etwa?«

Sie lachte leise. »Ja, von Ihnen, Sie haben mir ihn in Florenz geschenkt, damals vor endloser Zeit, als Sie mich liebten . . . Suworin, ich bin stark, und Sie sollen aufrichtig sein. Haben Sie mich je geliebt?«

»Beinah!« sagt er.

Sie lächelt herb, dann deutet sie auf einen zweiten Ring, einen großen Solitär an schmalem Goldstreif. »Und wissen Sie, von wem der ist?«

Er sah ihn aufmerksam an und schüttelte den Kopf.

»Auch von Ihnen,« sagte sie – ihre Stimme ist klanglos und ihr Lächeln sehr bitter – »den haben Sie mir geschenkt in Paris, fünf Jahre später, als wir uns wiederfanden. Nehmen Sie sich nicht die Mühe, mir zu versichern, daß Sie mich damals gar nicht geliebt hätten; aber sehr anziehend war ich für Sie – nicht?«

»Ich weiß keine Frau, die für mich anziehender gewesen wäre.« (Sehr trocken.)

Ein Freudenschauer durchfuhr sie. Die Persienne knatterte noch immer – ich saß und horchte und atmete kaum mehr.

Sie rückte ihren Sessel näher an ihn heran. Er maß sie mit einem unbeschreiblichen Blick, einem neugierigen, staunenden, verachtenden Blick.

»Ilka, wer ist der junge Mensch, mit dem man Sie seit einiger Zeit beständig sieht?« fragte er nach einer Pause.

Sie wechselt die Farbe, ich schnelle empor und nähere mich dem Fenster. Es wird trübe vor meinen Augen, eine große rote Wolke legt sich zwischen mich und meine Mutter, und in meinen Ohren saust es so, daß ich nur mit Anstrengung und sehr schwach die Worte vernehme: »Sind Sie eifersüchtig, Suworin?«

Die Persienne knattert und knattert, und in meinen Ohren saust's noch unerträglicher. Zwischen alldem höre ich Suworin sagen: »Ich bin nicht eifersüchtig, ich frage Sie nur, wer er ist.«

Sie wirft mit einem sehr häßlichen Ausdruck die Lippen auf. »Welchen meinen Sie – Kara, oder den kleinen Alfons – der ist . der ist ein unpraktischer Schwärmer . . . der in mich . . .«

Das Sausen ist nicht mehr in meinen Ohren, es ist rings um mich. Das sind die Engel, die mit ihren Flügeln schlagen, damit ich die Worte meiner Mutter nicht hören möge, und ich höre sie nicht, ich höre nur Suworin . . . Stimme streng und hart: »Ilka, es ist Ihr Sohn!«

Und durch den roten Nebel seh' ich meine Mutter blaß, die Zähne in den Lippen, den Blick finster, die Hand zornig geballt.

»Und wissen Sie, daß ich Sie beneide,« fährt er fort, »ich gäbe die Hälfte des erbärmlichen Lebens, das mir noch beschieden ist, für so einen Burschen! Und er hängt an Ihnen . . . Ja an Ihnen, Ilka . . . er hat Ihnen angetragen, Sie bei sich aufzunehmen, hat Sie, wenn mich nicht alles täuscht, wohl gar auf den Knieen darum gebeten!«

»Er ist toll!« zischte sie wild.

Die Engel haben mich verlassen, es ist still in mir und um mich, ich höre deutlich; der rote Nebel ist verschwunden – ich sehe klar!

»Nein, er ist nicht toll, er ist gut,« sagt Suworin.

Da senkt sie den Kopf. Etwas wie Scham überzieht ihre Wangen, und etwas wie Zärtlichkeit durchbebt ihren Mund.

»Was haben Sie ihm geantwortet, Ilka?« fragte er.

»Ich?« – ihre Stimme klingt wimmernd und stöhnend zwischen ihren kaum geöffneten Lippen durch . . . »ich versprach, mit ihm zu gehen, ja, ich schwor's ihm zu . . . aber ich kann nicht, hören Sie, ich kann nicht!«

»Und warum nicht, Ilka?«

Da öffnet sie die Augen weit, es ist ein Licht darin, das mich blendet. – »Weil ich Sie liebe, Suworin,« spricht sie.

Statt aller Antwort wendet er den Kopf von ihr ab.

Sie ist blaß wie eine Leiche. »Darf ich singen?« lispelt sie.

»Wie Sie wollen!«

Und sie setzt sich ans Klavier. O, wie sie singt ihre alten Zigeunerlieder jauchzend, klagend, wild und zärtlich. Sie wendet sich um und sieht ihn an; er bleibt unbeweglich – gleichgültig. Und immer blässer wird sie, immer schöner – und immer verzehrender wird die Sehnsucht in ihrem Blick!

Er ist unbeweglich – gleichgültig. Da schlägt sie von neuem ein paar Takte an. Es kracht etwas im Fensterrahmen – es kracht etwas in meinem Kopf. Sie singt das kleine Lied – mein Lied!

Zur selben Zeit, wie von einer unsichtbaren Hand berührt, öffnet sich die Persienne.

Suworin hat sich erhoben, er nähert sich ihr – jetzt steht er hinter ihr, gespannt lauschend.

Sie hat geendet, er beugt sich nieder zu ihr . . .

– – – Ich weiß nichts mehr – meine Haut wird starr, meine Haare sträuben sich, ich höre einen Schuß . . . wieder umgibt mich der rote Nebel, aber tausendmal röter und dichter, und alles ist voll Schreien und Wehklagen, der ganze Himmel und die ganze Erde . . . und eine kleine, müde Stimme fragt: »Wer war das?« und Suworin antwortet: »Ihr Sohn!«

Ja, ihr Sohn! – dann bin ich in ihrem Zimmer . . . dann halte ich sie blutend und zuckend in meinem Arm, und ihre kalten Lippen suchen ein letztes Mal die meinen, und sie flüstert: »Ich danke dir!« – – –

Sie brachten mich hierher! – – – In meinen Ohren braust es und vor meinen Augen ist alles rot! Die Qual jener letzten Augenblicke ist ewig! Nur manchmal steigt aus dem roten Nebel die Gestalt meiner unglückseligen Mutter! In ihren Augen ist ein Licht, das mich blendet, und ihre blassen Lippen murmeln: »Ich danke dir!«

Ein Frühlingstraum.

Motto: Fleur mourante et solitaire . . .

An einem Aprilabend war's – einem Aprilabend in Paris. Eine finstere, bleigraue Wolke hatte soeben einen Platzregen über die Stadt ausgeschüttet und war dann plötzlich vor der Sonne davongelaufen. Lustig neckende Frühlingswinde hatten den Himmel reingefegt – das nasse Macadam, worin er sich spiegelte, glänzte wie Lapis lazuli, und die leichten Blechstühle vor den Cafés flimmerten wie aus Silber geformt. Die kleinen, hellgrünen, in sich zusammengerollten Blätter an den Boulevardplatanen schüttelten so mutwillig die Regentropfen von sich ab, als ahnten sie nicht, wie bald sie von der Sonne versengt, vom Staube erstickt sein würden. Ueber den stolzen Blütenkerzen der Roßkastanien in den Alleen der Champs Elysées schimmerte es wie ein leises Erröten, und die Fliederrispen leuchteten weiß und rein wie Engelsflügel aus der grünen Wirrnis der Gärten heraus.

Goldener Abenddunst umglänzte die ganze Stadt, und durch ihr rastlos nüchternes Treiben schlich sich's wie ein Zug üppiger Müdigkeit. Die Vorübergehenden schleppten den Schritt, spähten vor sich hin, schienen etwas zu suchen, eine verlorene Illusion – einen Traum. Selbst die vornehmsten Müßiggänger vergaßen für einen Moment ihre alles bespöttelnde Gleichgültigkeit und erinnerten sich inmitten des verjüngenden Frühlingshauchs an irgend etwas, das ihnen einst heilig gewesen war.

Etwas Moussierendes, Gärendes lag in der Luft, stieg einem zu Kopfe wie junger Wein.

Ich schlenderte über das Boulevard und tändelte mit dem Entschluß, in die Oper zu gehen. Auf den großen Anschlagszetteln stand »Faust«. Ich hatte soeben den Kopf vorgestreckt, um mich darüber zu vergewissern, wer denn eigentlich heute die Margarete singe, als ich plötzlich knapp neben der neuen Oper, von deren Gesimse zwei Engel ihre goldenen Flügel in den dunkelblauen Himmel emporstrecken, – einen kleinen Savoyarden bemerkte.

Ein recht armseliger Wicht war's, mit einem großen Höcker auf dem Rücken und zwei hölzernen Krücken unter den hohen Schultern. Auf seinem blassen Gesichtchen stand ein mühsames und demütiges Lächeln, mit dem er die Menschen, ob seiner Häßlichkeit traurig, um Vergebung zu bitten schien, und zwischen seinen mageren Fingern hielt er eine Harmonika, auf der er sich bemühte, lustige Weisen zu spielen. Lustige Weisen! . . . Ach, wie trüb und ängstlich durchklangen sie die laue Abendluft!

Keiner achtete sein. Den Männern fehlte die Zeit, sich mit solchen Kleinigkeiten aufzuhalten – sie hatten den Kopf voll andrer Dinge und eilten an ihm vorüber, ohne ihn zu sehen; die Frauen erschraken vor dem Anblick des kleinen Ungetüms und wandten sich mit Abscheu von ihm ab.

Ein blutjunger Offizier warf ihm eine Münze zu, hastig, und ohne ihn anzublicken, so daß die Münze anstatt in die zitternd zum Betteln ausgestreckte Hand des kleinen Musikanten – aufs Trottoir niederglitt.

Der Kleine bückte sich nicht nach dem Almosen; vielleicht konnte er nicht – vielleicht mochte er nicht. Er begriff, daß er den Menschen anstatt Mitleidens nur Ekel einflößte, und wie in einer Art Scham drückte er sich tiefer in den Schatten. Seine müden Fingerchen hörten auf zu spielen, und zwei große Thränen flossen ihm über die schmalen Wangen herab.

Eben im Begriffe, mich ihm zu nähern, sah ich, wie ein hohes, schlankes Mädchen in tiefer Trauer auf ihn zutrat. Ohne jegliches Zaudern legte sie die Hand auf seine verkrüppelten Schultern und sagte mit weicher, freundlicher Stimme: »Nun, mein kleiner Freund, geht's dir heut' schlecht?«

Er versuchte ihr eine heitere Antwort zu geben, brachte aber kein Wort heraus und fuhr sich mit der Hand über die Augen.

»Armes Kind! Du bist müde und hungrig,« murmelte sie wie für sich, und griff in die Tasche, dann setzte sie mit offenbar aufrichtigem Verdruß hinzu: »und ich . . . ich habe meine Börse vergessen!«

»Darf ich mir erlauben, Ihnen auszuhelfen, Fräulein?« fragte ich, indem ich, den Hut lüftend, ihr mein Portemonnaie präsentierte.

Von dieser etwas unkonventionellen Art eines Mannes, der ihr ungebeten und auf offener Straße seine Dienste anbot, überrascht, musterte sie mich vom Kopf bis zu den Füßen mit einem raschen und etwas mißtrauischen Blick, dann gab sie mir, durch meine ehrerbietige Haltung beruhigt, mit plötzlich verändertem Gesichtsausdruck zur Antwort: »Warum nicht, wenn es sich um einen guten Zweck handelt?« und dabei spielte ein eigentümliches, langsames Lächeln um ihren Mund, bei dem ihr die Augen feucht wurden.

Da sie befangen zögerte, in mein Portemonnaie hineinzugreifen, so nahm ich selbst ein Geldstück für sie heraus. Sie gab's dem Savoyarden in die Hand, warf's ihm nicht vor die Füße, wie's der leichtsinnige junge Offizier gethan – dann streichelte sie ihm die Wangen und forderte ihn auf, guten Muts zu sein. Als ich mich neben der Fremden zum Gehen gewendet, hörte ich hinter mir die dünne, heisere Stimme der armseligen Harmonika und freute mich darüber, daß der kleine Musikant sein Spiel von neuem begonnen. Wenn die junge Pariserin es auch nicht vermocht, sein Elend ganz zu bannen, so hatte sie ihm wenigstens das Tragen desselben momentan erleichtert.

Sie flößte mir eine eigentümliche Teilnahme ein; nicht nur ihrer allerdings hervorragenden Schönheit wegen, sondern weil aus ihrem ganzen Wesen etwas so eigentümlich Reines, Ernstes und Hoheitsvolles sprach, das mir um so mehr auffiel, als ich augenblicklich erraten hatte, daß sie zu den arbeitenden Klassen gehörte. Dies letztere schloß ich freilich hauptsächlich aus dem Umstande, daß die ärmste Pariserin, die nicht darauf angewiesen ist, sich ihr Brot selbst zu verdienen, in dem Alter, das ich der Fremden ansah, nicht ohne Begleitung ausgegangen wäre. Im übrigen deutete nichts bei ihr auf eine niedrige Herkunft oder auch nur Umgangssphäre. Ihre Stimme, ihr Gang, ihre Haltung und ihr zugleich zurückhaltendes und doch verbindliches Benehmen waren gleichermaßen tadellos, ihr Aeußeres gepflegt und ihr Anzug einfach, aber kleidsam. Ihre Züge hatten ein geradezu aristokratisches Raffinement, und die Melancholie ihres Lächelns, ihres Blickes war von einem nicht wiederzugebenden poetischen Zauber. –

Ich ging ein Stück Wegs mit ihr, sie duldete mich etwas verlegen, aber freundlich neben sich und antwortete auf die Fragen, die ich an sie richtete, wie es nur Leute thun, die nichts zu verbergen haben, d. h. ruhig und ohne zögernde Umschweife.

So kannte ich bald ihr ganzes Leben. Ihr Vater, ein Beamter, war unlängst gestorben, darum trug sie Trauer. Er war beständig mit einer Erfindung beschäftigt gewesen – einer Erfindung, die gewiß den Reichtum seiner Familie begründet haben würde, wenn er nur ein wenig länger gelebt hätte, die aber, so wie die Sachen gekommen waren, nur ihr kleines Vermögen beinahe gänzlich aufgezehrt hatte. Seit seinem Scheiden erhielt sich meine schöne Fremde zum großen Teil mit ihrer Hände Arbeit, – sich, ihre Mutter und ihre kleine Schwester. Der Verdienst sei spärlich, erklärte sie mir, aber bei großer Ordnung könne man leben. Freilich, wenn eine Krankheit dazwischen käme!... Sie unterbrach sich und schauderte ängstlich in sich hinein. Den nächsten Augenblick aber warf sie treuherzig und mutig das kleine Köpfchen zurück und rief: »Die Mutter Gottes ist ja da!« Sie beeilte ihren Schritt. Es war schon spät, es drängte sie nach Hause, um ihren Leuten das Essen zu bereiten – so ein Pariser Essen, das in einer halben Stunde gekocht ist. Vor einem schwärzlichen Gebäude in der Rue des Moineaux blieb sie stehen; da im vierten Stock oben wohnte sie. Mit einem höflichen Kopfnicken wollte sie an mir vorbei – ich hielt sie zurück.

»Mademoiselle!« sprach ich, »die Welt ist groß, und ich bin ein rastloser Wanderer, der vielleicht morgen schon Paris verläßt; wahrscheinlich begegnen wir einander nie mehr, aber ich möchte doch, ehe wir uns trennen, Ihren Namen wissen.«

Sie sah mich erstaunt an: »Was für ein Interesse kann mein Name für Sie haben?«

»Ich werde mich an Ihr schönes, mitleidiges Gesicht erinnern, so lange ich lebe,« sagte ich und errötete vor Enthusiasmus und stotterte vor Aufrichtigkeit... »und meine Erinnerung würde wohl gerne diesem Gesicht einen Namen zu geben vermögen.«

»Ich heiße Geneviève,« erwiderte sie, schon auf der Schwelle, und verschwand in dem dunklen Hausflur.

Nachdenklich kehrte ich aus der schläfrigen Stille der inneren Stadt zu dem rauschenden Leben der Boulevards zurück. Ich kam an einem Blumenladen vorbei; in seinem Schaufenster lag ein

Strauß, – weißer Flieder und blasse Rosen, leicht und duftig ineinander gemischt. Ich kaufte ihn. Dann zeichnete ich auf ein Blatt meines Notizbuches den kleinen Savoyarden, schrieb darunter: »Von dem Krüppel an Fräulein Geneviève«, gab beides einem Kommissionär mit dem Auftrage, es in die Rue des Moineaux zu bringen und nach ausgeführter Bestellung zu mir zurückzukehren. Ich wollte vor Tortoni auf ihn warten. Ich war neugierig, wie Geneviève meine Blumen aufnehmen würde.

Nach einer halben Stunde kam der Kommissionär zurück. Er sagte mir nichts, als: »Sie hat sich sehr gefreut, – aber sie hat dabei geweint!«

Es war halb neun. Ich ging in die Oper. Der Frühling hatte so viele Menschen ins Freie gelockt, daß ich noch einen Platz fand. Ich war zerstreut. Es ist nicht anzunehmen, daß gerade alle Frauen, die an jenem Abend über die roten Logenbrüstungen hinüber der Bühne zuschmachteten, oder in den Hintergrund der Loge hineinkokettierten, Bonbons naschten, plauderten und graziös mit ihrem Fächer herummanipulierten – häßlich gewesen wären, und ist auch nicht anzunehmen, daß sich in dem ganzen Corps de Ballet, das im zweiten Akt wie besessen durcheinander hüpfte und sich in der Höllenscene in wollüstigen Kontorsionen hin und her bog, kein einziges hübsches Gesicht befunden haben sollte, – aber mir kam es so vor. Einer meiner Bekannten, der zufällig neben mir saß und dem ich meine Eindrücke mitteilte, erwiderte mir: »Hast recht, 's ist nicht viel Gescheites da zu sehen heute,« und da es gerade im Zwischenakte war, kehrte er der Bühne den Rücken und hielt aufmerksam im ganzen Hause Rundschau. »Mais non, sieh dorthin, die fünfte Loge links, die blonde Frau in dem weißen Kleid – Madame de X . . ., die schönste Frau von Paris.«

»Ah, die mit den Brillanten?« gab ich ihm zur Antwort, fixierte sie mit meinem Opernglas und zuckte gleichgültig die Achseln. – »Die ist ja völlig verblüht.«

Er lachte. »Du mußt heute entschieden in die Sonne gesehen haben,« rief er in seiner lustigen Art, »du siehst alles schwarz.« –

Mitten in die üppige Melancholie der Faustmusik hinein verfolgte mich der dünne Ton einer schlechten Harmonika, und mitten zwischen dem blendenden Gaslicht und dem roten Sammet, der Vergoldung und banalen Modeeleganz tauchte immer wieder ein blasses, ernstes Gesicht vor mir auf mit einem Heiligenscheine von blondem Haar! –

Ein Nachklang der schwülen Musik vibrierte mir in den Adern, als ich nach der Oper durch die Rue de la Paix über den stillen Vendômeplatz an dem schlafenden Tuileriengarten vorbei in die elysäischen Felder einbog und meiner Wohnung zuschritt. Ein berauschender Duft drang aus den Gärten, die Luft war lau, nur selten durchtönte der Schritt eines Vorübergehenden die träumerische Nachtstille. Im übrigen schwieg alles, süße Beklommenheit benahm der Natur den Atem. Kein Blatt regte sich. Nur die rotgeflammten weißen Blütenfackeln der Roßkastanie bewegten sich langsam zwischen dem gespenstischen Halblicht der Gaslaternen und flüsterten leise und aus die Melodie des Liebesduos in Faust: »Geneviève . . . Geneviève.«

Es war eine jener Märchennächte, in denen die Frühlingsgeister den Keim legen zu einem großen Glück – einem Glück, das sich von der Erde, der es entsprossen, losringt und hoch zum Himmel emporjauchzt – das, groß genug scheinend, die ganze Schöpfung zu durchglühen, stark genug, die Ewigkeit zu überdauern – doch nur ein einzig Menschenherz ausfüllt und währt – so lange der Frühling währt. Vom ersten heißen Sonnenstrahl ermüdet und entweiht, sinkt's mit den andern sterbenden weißen Frühlingskindern traurig in den Staub! –

*

»Wahrscheinlich begegnen wir einander im Leben nie wieder,« hatte ich der schönen Pariserin zugerufen, eh ich ihr in so indiskreter Weise ihren Namen abgefragt, und war auch von der Unwahrscheinlichkeit eines Wiedersehens redlich überzeugt gewesen.

Ich hätte es auch nie geglaubt, daß die zufällige Begegnung mit einem schönen Mädchen auf mich einen so nachhaltigen Eindruck machen, daß ich auf Mittel und Wege sinnen würde, die Bekanntschaft fortzusetzen.

Aber . . .

Die Nacht nach meiner ersten Begegnung mit Geneviève machte ich kein Auge zu, konnte mich nicht einmal zum Niederlegen entschließen, sondern tändelte mit dem und jenem in meinem Zimmer herum, rauchte, blätterte in einem Band Alfred de Musset und stellte mich schließlich, von einer unbeschreiblich angenehmen Aufregung durchfiebert, ans Fenster, schwärmte die Sterne an und grübelte immer von neuem darüber nach: »wo man sie nur wieder treffen könnte?«

Der Morgen kam, die Sterne verblaßten, ein rötlicher Schimmer breitete sich über die Erde, stieg langsam an dem fahlen Himmel empor – als ich mich endlich zu Bette legte. –

Den Tag darauf plagte mich eine seltsame Rastlosigkeit, keine Beschäftigung vermochte mich zu fesseln, und dennoch fühlte ich mich nicht im mindesten verdrießlich, sondern im Gegenteil ganz ungewöhnlich aufgeräumt und vergnügt, und als die Sonne im Sinken war und sich die Schatten blaß und lang über die Straßen streckten, stand ich wie ein Bettler neben dem buckligen Harmonikaspieler und wartete auf Geneviève.

Schon von weitem sah ich sie kommen, that einen Schritt vorwärts, wurde plötzlich sehr verlegen und ging tief grüßend an ihr vorbei, ohne daß ich es gewagt hätte, das Wort an sie zu richten. Mein Anblick schien sie eher zu beunruhigen, als zu freuen. Sie dankte hastig und eilte mit beschleunigtem Schritt ihrer Wege, ohne sich bei ihrem kleinen Schützling aufzuhalten.

Den nächsten Abend trug sich genau dasselbe zu, und den übernächsten wieder – als aber der dritte Abend hereinbrach, wartete ich umsonst auf meinem Posten – Geneviève kam nicht. Meiner aufdringlichen Bewunderung müde, hatte sie offenbar einen andern Weg gewählt, um aus dem Atelier, wo sie arbeitete, nach Hause zu gelangen.

Ich ließ es mich nicht verdrießen, mich den nächsten Tag dennoch um die bewußte Stunde bei der Oper einzufinden – doch umsonst. –

Unruhig und ärgerlich, versuchte ich es, meinen Verdruß hinwegzulächeln – es gelang mir nicht – im Gegenteil stieg meine Sehnsucht nach der Verschwundenen von Stunde zu Stunde. Dann suchte ich einen Vorwand, um mich in ihrer Wohnung präsentieren zu können; endlich nach zwei Tage langem Grübeln fiel mir einer ein. Sie hatte mir gesagt, daß sie Blumenarbeiterin sei. Warum sollte ich denn nicht künstliche Blumen bei ihr bestellen?

An einem Dienstag abend war's – wie mir die Erinnerung das alles doch so deutlich ins Gedächtnis zurückbringt – ja, an einem Dienstag abend, und es stand mir bevor, eine neu angekommene Tante mit zwei unmündigen Cousinen ins théâtre français zu begleiten. Etwas nach sieben Uhr fragte ich unten bei der Concierge in dem schwarzen alten Haus der Rue des Moineaux mit einer möglichst nüchternen Geschäftsmiene, ob hier nicht eine Fleuriste Namens Mlle. Geneviève wohne.

»Madame Guichard . . . vierter Stock . . . die Thüre links,« gab mir die Concierge lakonisch zur Antwort.

Es verdroß mich einigermaßen, daß die blonde Frühlingsvision, der meine Sehnsucht zustrebte, diesen sehr prosaischen Namen führe; nichtsdestoweniger eilte ich mit klopfendem Herzen die schmale, glitschige Treppe hinaus, fand richtig auf einer der gelben Thüren ein Kärtchen mit dem bewußten unpoetischen Namen und zog an der Klingel.

Eine alte Frau in schäbiger Trauer öffnete mir die Thür, fragte mich nach meinem Begehr und führte mich schließlich in einen kleinen Salon.

Wie ich das alles vor mir sehe, das niedrige Zimmerchen mit der grellblauen Tapete und gelblackierten Diele, auf der ein unheimliches Gewirbel von schillernden Stäubchen im letzten Abendsonnenstrahl stumm auf und nieder tanzte, die mit braungelbem Goldlack angefüllten und einigermaßen an Mundschalen erinnernden blauen Vasen am Kamin und der ausgestopfte weiße Pinscher, der unter einem Glassturz auf dem graumarmornen Pfeilertischchen zwischen den zwei Fenstern lag; mehr aber als all dies die schwermütige Silhouette einer schwarzen Gestalt, die an die Balkonbrüstung gelehnt, auf das Straßentreiben hinuntersieht, halb neugierig, halb schaudernd, wie etwa die Engel im Himmel auf das wüste Erdentreiben herabsehen mögen! –

Mit dem linkischen Wortreichtum, womit man sich über eine Verlegenheit hinüber zu sprechen versucht, setzte ich Madame

Guichard mein Anliegen auseinander – da wandte Geneviève sich um. Es dunkelte wie ein Vorwurf in ihren ernsten Augen, und um ihren süßen Mund bebte es fast wie eine schmerzliche Bitte. Meine Verbeugung beantwortete sie nur mit einem leichten Kopfnicken und verließ augenblicklich das Zimmer.

Ich biß mich in die Lippen, fuhr indessen fort, Madame Guichard auseinanderzusetzen, daß ich ein Oesterreicher sei, daß bei uns die Geschicklichkeit der Pariser Blumenkünstlerinnen allgemein gerühmt werde und mich eine Dame – eine Verwandte – weiß Gott, warum ich mich verpflichtet fühlte, dieses Detail in meiner Improvisation besonders zu betonen – beauftragt habe, künstliche Blumen für sie zu besorgen.

Madame Guichard fragte nun verbindlich, welcher Art die Blumen sein sollten, zu welchem Zweck sie bestimmt wären.

Hierauf wußte ich natürlich nichts Präzises zu antworten, zupfte, einigermaßen in die Enge getrieben, an meinem Schnurrbart und murmelte etwas von einem »Zweig – einem Kranz«, sie möge übrigens so freundlich sein, mir etwas zu zeigen.

»Ah, es handelt sich um eine Coiffure,« murmelte sie verständnisvoll und begann augenblicklich in allerhand Schachteln zu kramen, mir dies und jenes vorzulegen. Ich kritisierte, lobte, heftete dabei meine Augen anstatt auf die Blumen eigensinnig auf die Thür, hinter der Geneviève verschwunden war. Da ich mich so lange zu keiner Wahl entschließen konnte, wurde die alte Frau unruhig, begann sich ob der Qualität ihrer Ware zu entschuldigen, erklärte mir, daß ihre Tochter an diesen Sachen doch nur am Feierabend arbeite, das heißt wenn sie aus dem Atelier, in dem sie tagsüber beschäftigt sei, nach Hause kehre – infolgedessen der Vorrat gering, die Ausführung auch nicht tadellos sei. Dann begann sie, immer ungeduldiger und aufgeregter werdend, irgend etwas zu suchen, das sie durchaus nicht finden konnte. Endlich rief sie in gereiztem Tone: »Geneviève! Geneviève!«

Sie trat herein. »Was willst du, Mama?« fragte sie.

»So hilf mir doch den Herrn bedienen ... wo ist denn der Kranz ... der ... den du gestern beendigt hast?«

»Hier.« Aus einem kleinen Karton nahm sie ein graziöses Gewinde von blassen Nachtschattenblüten.

»Ist die Dame, für die Monsieur den Kranz besorgen soll, blond?« fragte mich die Alte. Ich nickte.

Da legte sie den Kranz auf das blonde Haupt ihrer Tochter. Mir blieb vor Entzücken der Atem stehen. Wie schön sie doch war!

Ich habe nie etwas gesehen, was ihr gleich kam, bis lange, lange nachher ein Bild von Alfred Stevens – eine Ophelia mit großen, schmerzerstarrten Augen in einem länglichen, sehnsuchtsblassen Gesichte und mit einem Kranze von Nachtschattenblüten im goldenen Haare! Der Kranz jener Ophelia ist rötlich – der Kranz Genevièves war weiß. Sie schien zu fühlen, daß sie mit diesem Schmuck zu schön sei, nahm ihn hastig aus ihrem Haar und wandte sich von mir ab.

Ich kaufte den Kranz und bestand zum großen Befremden der alten Frau darauf, ihn eigenhändig nach Hause zu tragen.

*

Das erste Mal einen Vorwand für einen Besuch in der Rue des Moineaux zu finden, war mir schwer gefallen, das zweite Mal fiel es mir leichter, das dritte Mal noch leichter.

Ich hatte Madame Guichard zu verstehen gegeben, daß ich ein armer Teufel sei, was jedenfalls den Umstand einigermaßen erklärte, daß ich's mich nicht verdrießen ließ, vier Treppen hoch zu steigen, um für eine Verwandte bei einer kleinen Ouvrière Blumen zu bestellen – anderweitig jedoch auch die Situation ungemein vereinfachte. Bald stand ich im innigsten Freundschaftsverhältnis zu der ganzen Familie. Ich plauderte lustig mit der kleinen Karoline, dem vorlauten und altklugen Schwesterchen Genevièves, und teilnehmend mit ihrer Mutter. Ich ließ mir von dieser wohl zwanzigmal erzählen, daß der kleine, zottige Hund unter dem Glassturz »Bibi« geheißen, daß er an der Herzbeutelwassersucht gestorben war, daß sein Bruder, der ihm ganz ähnlich gesehen, bis darauf, daß er ein schwarzes Schwänzchen gehabt, eine große Carrière gemacht – ja – so habe man ihr wenigstens erzählt – jetzt eine hervorragende Hundekoryphäe im Cirkus Renz geworden sei; daß Karoline im

Vorjahre die Masern gehabt und ihr verstorbener Mann – ein ausgezeichneter Mann – unmäßig gern Kohlsuppe gegessen habe. Als ich mich nun über seinen vortrefflichen Geschmack enthusiasmierte und vorgab, selber ein leidenschaftlicher Liebhaber von Kohlsuppe zu sein, lud mich Madame Guichard mit der charakteristischen Gastfreundschaft der Armen zu Tisch. Ich nahm die Einladung an, und noch heute ist mir's, als habe mir nie ein Diner besser geschmeckt, als die kleine Mahlzeit. Ein großer Fliederstrauch stand auf dem Tisch, die Abendsonne strömte in zwei goldenen Lichtbächen zu den Fenstern herein, eine dicke normännische Magd mit sehr roten Händen und einer steifen weißen Haube trug die Schüsseln auf und trat ein paarmal flüsternd an Madame Guichard heran, um sich in irgend einer Verlegenheit Rats zu erholen. Dann sah die Hausfrau sehr aufgeregt und unglücklich aus und erging sich in einer Flut von Klagen über diese Dienstboten, während Geneviève lächelnd aufstand, um in der Küche alles in Gang zu bringen.

Nach dem Kaffee ließ ich mir von der kleinen Karoline, die sich im Gesang ausbildete – nur um Singlehrerin zu werden, beteuerte Madame Guichard, nie und nimmer würde sie, die Witwe eines ehrbaren Beamten, es zugeben, daß eine ihrer Töchter den Fuß auf die Bühne setze – eine Solfeggie vorsingen, lobte den Ansatz des jungen Dämchens, spielte hierauf mehrere Partieen Piquet mit der alten Frau, gewann fünfundvierzig Centimes, die ich mit großem Ernst einsteckte, und trank schließlich Thee aus dunkelroten, mit goldenen Blumen bemalten Tassen.

Geneviève saß indessen an einem kleinen, mit allerhand bunten Lappen bedeckten Tischchen, arbeitete an einer »Commande« und lächelte freundlich und träumerisch vor sich hin. Der befangene Zug war aus ihrem Wesen verschwunden. Sie hatte jetzt etwas sehr Vertrauensvolles und Treuherziges im Verkehr mit mir.

Das mochte so etwa vier Wochen gedauert haben. Einmal war ich mit der ganzen Familie und Notabene im Tramway und an einem Sonntag nach Auteuil gefahren, ein anderes Mal hatte ich mir mit ihnen den »Salon« angesehen. . . .

Die Blätter auf den Boulevardplatanen waren schon groß und dunkelgrün, und der Flieder in den Champs Elysées war welk!

Eines Abends fragte mich Madame Guichard, was denn eigentlich mein Metier sei.

Ich schrak zusammen, »ich beschäftige mich ein wenig mit Litteratur,« murmelte ich.

»Ah! Sie sind Journalist,« meinte Madame Guichard, »das ist ja sehr einträglich; mein Onkel Simon kennt einen jungen Mann, der sich fünfzehntausend Franken jährlich erwirbt als Reporter. Haben Sie eine feste Anstellung bei einem großen Pariser Blatt?... Es schreiben ja viele Fremde für Pariser Blätter.«

»Ich... ich habe noch keine Anstellung,« stotterte ich.

»Es ist so schwer anzukommen bei den großen Blättern, Mama,« schob Geneviève mitleidig ein.

»Ah, dann schreiben Sie gewiß Korrespondenzen für die Provinz?« fuhr die Alte fort.

Ich wurde immer verlegener. »Oder machen Sie am Ende gar Verse?« rief die Alte sehr beunruhigt.

»Ja... in der That,« gab ich zur Antwort. Das Gesicht Madame Guichards wurde lang – eine Weile häkelte sie mit unnatürlichem Eifer, dann platzte sie plötzlich mit den Worten heraus: »Haben Sie einen Verleger?«

»Nein.«

Sie zuckte die Achseln und wurde sehr rot.

Geneviève ließ ihren schönen Blick freundlich aufmunternd über mein verlegenes Gesicht gleiten und sagte dann: »Aber Mütterchen, der Onkel Simon hat dir's ja gesagt, wie schwer es ist, einen Verleger zu finden.«

»Ja, und besonders für Verse,« stieß die alte Frau ärgerlich hervor... »aber der Onkel Simon sagt auch daß Leute... hm!... die keine Flügel haben... nicht ihre Zeit mit Versuchen, den Himmel zu stürmen, verlieren sollten.... Verse... Verse!...« sie atmete sehr laut und verließ das Zimmer. –

»Seien Sie Mama nicht böse,« flüsterte Geneviève leise, »sie hat so viel Unglück erlebt, daß sie das Hoffen verlernt hat... ich aber...

hoffe noch immer – und ich glaube an Ihre Flügel. Wollen Sie mir nicht einmal etwas von Ihren Versen vorlesen?«...

Arme Geneviève! Sie glaubte an meine Flügel, sie glaubte auch allen Ernstes, daß ich ein armer Teufel sei, der auf eine Anstellung warte... um...

Mir wurde recht schwül, und alle die Lügen, die ich so spielend und ohne eigentliche böse Absicht vor mich hin improvisiert hatte, fielen mir schwer und immer schwerer aufs Herz. –

Ja – es ging zu Ende mit dem Frühling! –

Wenn der Frühling in andern Gegenden, ein gemäßigter Gesell, sein ganzes Vermögen nicht mit einem Schlage ausgibt, sondern dem Sommer bei seinem Hinsterben eine reiche Erbschaft von grünen Früchten vermacht, die zu hüten und zur Reife zu bringen, er ihm anheimstellt: so ist im Gegenteil der Frühling von Paris ein solcher Verschwender, daß er, sich in seinem eigenen Duft berauschend, in einer tollen unfruchtbaren Blütenüberschwenglichkeit seine ganze Kraft austobt und sterbend dem Sommer nur seine Leiche zum Begraben hinterläßt. Es gibt keinen schöneren Frühling, als den Frühling von Paris, aber es gibt auch keinen traurigeren Sommer! –

*

... Mein Benehmen Geneviève gegenüber war tadellos, ich hatte nie ein Wort von Liebe zu ihr gesprochen und ihr nichts andres als Blumen geschenkt. Mit solch leeren Sophismen trachtete ich meine Handlungsweise zu beschönigen, mein Gewissen zu beruhigen. Ich habe ja immer die Absicht gehabt, Paris Anfang Juni zu verlassen... meine Abreise bringt alles in Ordnung – sagte ich mir... und unterdessen... unterdessen fuhr ich fort, fast alle Tage in die Rue des Moineaux zu gehen! –

Geneviève sehnte sich kindisch danach, einmal einer Faustaufführung beizuwohnen. Nach langem Zögern erlaubte ich mir an einem Sonntagnachmittag, Madame Guichard eine Logenkarte für die Oper zu bringen. Ich habe sie von einem befreundeten Journalisten zum Geschenk erhalten – dichtete ich. Die kleine Karoline klatschte in die Hände – die alte Frau überlegte sogleich, was ihre

Töchter anziehen sollten, und fragte mich, ob ich nicht dächte, daß die Mädchen für diesen Abend die Trauer ablegen könnten. – Geneviève, die, von der Hitze etwas ermattet, in einem mit schwarzem Roßhaarstoff überzogenen Großvaterstuhl zurücklehnte, reichte mir mit ihrem schönen, traurigen Lächeln die Hand und murmelte: »Mon pauvre ami, comme vous êtes bon!«

Dann entschuldigte sich Madame Guichard, mich nicht zu Tische bitten zu können, weil sie nicht vorbereitet sei – verschwand, um in allen möglichen Kisten nach verschollenem Putz für ihre Töchter zu kramen, tauchte plötzlich wieder auf und zwar mit zwei Paar an den Fingerspitzen gebräunten weißen Ballhandschuhen, die sie ihren Töchtern mit Brotkrumen zu reinigen befahl.

Ich muß gestehen, daß mich diese weißen Handschuhe und anderweitigen Toilettevorbereitungen einigermaßen beunruhigten. –

Die Hitze war erstickend – die blauen Wände und die gelbe Diele rochen nach Lack und Oelfarbe – Geneviève und ich saßen neben dem Speisetisch und putzten die weißen Handschuhe. Karoline übte indessen an dem Pianino eine damals neue Romanze von Dupré ein – durch die dumpfe Luft zitterte die dünne Kinderstimme, gewissenhaft und ausdruckslos skandierend:

»Je me mis à pleurer,
Comme on pleure à vingt ans.«

Leise summte Geneviève das Lied mit. Ihre Augen begegneten den meinen! Plötzlich zerknitterte ich die weißen Handschuhe in meiner Faust. –

»Legen Sie die Trauer nicht ab!« bat ich leise.

Sie lächelte und fuhr mit ihrer Hand leicht über die meine! Wie schön ihre Hand war. Schmal, weiß, glatt wie Atlas, mit seinen, spitz zulaufenden Fingern – eine Herzogin hätte darauf stolz sein können!

Nur Pariser Arbeiterinnen haben solche Hände! – »Fürchten Sie nichts,« flüsterte sie mir zu, »ich werde Ihnen gefallen.«

Ich drückte ihre Hand an meine Lippen. Bald darauf entfernte ich mich, um den Damen Zeit zu ihren Vorbereitungen zu gönnen.

*

Von ihrer amerikanischen Tour zurückgekehrt, sang die Nilson das Gretchen, Faure den Mephisto. Den Faust sang ein sehr fetter Tenor, dessen Name ich vergessen habe und von dem ich nur noch weiß, daß er ein ungewöhnlich häßliches grün und violettes Kostüm trug und sich jedesmal vor dem Souffleurkasten auf die Fußspitzen stellte, wenn es galt, einen besonders hohen Ton ins Publikum hinauszubrüllen.

Ich hatte mich beim Diner einigermaßen verspätet und kam erst zum dritten Akt. Madame Guichard, die der französischen Sitte gemäß hinter den beiden Mädchen saß, empfing mich mit geräuschvollen Begrüßungen und legte sich, ob ihrer Lautheit erschreckend, den Finger auf den Mund, dann ordnete sie in aller Eile etwas an der Frisur Karolines und tadelte ihre Haltung, blieb den ganzen Abend außer Atem vor Aufregung, suchte beständig nach ihrem Taschentuch, hielt sich unnatürlich gerade, war dunkelrot und sah zugleich sehr würdevoll und herzlich unglücklich aus.

Die kleine Karoline borgte sich mein Opernglas aus, starrte neugierig die Damen in den Logen an und fragte mich nach deren Namen. Sie schien mich für allwissend zu halten. Dann zupfte sie an ihren armseligen, kurzen Handschuhen, schob das Kinn in die Höhe und versuchte, sich eine vornehme Haltung zu geben. Und Geneviève! Sie hatte ihr schwarzes Kleid anbehalten – auf ihrem goldenen Haar jedoch ruhte ein Kranz von leicht zusammengesteckten natürlichen Gaisblattblüten. –

Und wie ich sie ansah, da war mir's, als hätte ich den leibhaftigen Genius des Frühlings vor mir, den Genius des Frühlings in tiefer Trauer und mit einem Kranz von bleichen Nachtschattenblüten auf dem goldenen Haupt. – Ich erinnerte mich daran, daß die Nachtschattenblüte den Wahnsinn symbolisiert!

Mich durchfuhr's, und plötzlich kam mir eine große Angst und dann wieder eine wilde, stürmische Sehnsucht.

O Gott! wie war sie doch schön, schön, traurig und heilig rein, wie die Märtyrerinnen in den alten Legenden!

Alle Augen richteten sich auf sie. Einer zeigte sie dem andern wie eine Merkwürdigkeit, man fragte, wer sie sei, und . . . prophezeite ihr – Geneviève – eine große Zukunft. Deutlich verstand ich eine böse Anspielung in der anstoßenden Loge. Die Ohren brannten mir.

Sie hörte nichts, blaß und still mit dem Ausdruck des intensivsten Interesses lauschte sie der Musik. In halbe Dämmerung getaucht, lag die Bühne vor ihr – mit schleppendem Schritt, die Arme an den Seiten niederhängend, weiß und unheimlich wie eine Vision, kam die Nilson über die Bühne . . . .

»Je voudrais bien savoir« . . . tönte es von ihren Lippen.

Geneviève atmete kaum mehr – der König von Thule, der banale Diamantenwalzer waren verklungen . . . vergiftend süß und todestraurig, wie die Beichte eines vor Glück beinah erdrückten Herzens, schwebte das Liebesduo durch den Saal. Als der Vorhang gefallen war, lehnte sich Geneviève blaß mit geschlossenen Augen in ihrem Stuhl zurück.

»Nun, Geneviève, wie gefällt Ihnen die Oper?« flüsterte ich ihr über ihre Schulter zu.

»Es ist alles schön, wunderschön,« murmelte sie langsam und mit verschleierter Stimme, »aber« und sie heftete wie hilfesuchend ihre großen starren Augen auf mich – »aber . . . mir ist's, als sollte ich sterben . . . oder wahnsinnig werden!«

Dann war Gretchen mit dem wilden Aufschrei siegreicher Tugend auf sein Strohlager zurückgesunken und ein Pseudo-Gretchen in den pappendeckelnen Himmel hinaufgehißt worden!

Madame Guichard machte nervös Vorbereitungen zum Aufbruch, preßte mit großer Anstrengung die Ueberreste des Bonbonpakets, das ich ihr verehrt hatte, in ihre Tasche, die kleine Karoline versuchte, ihr verschossenes Mäntelchen mit derselben Nachlässigkeit um die Schultern zu falten, wie die großen Damen in den Logen ihre Umwürfe. Geneviève saß noch immer, die Hand an der Wange, still und sah in das bunte Getümmel des sich rasch leerenden Saales, das sich wie ein vom Wind durcheinander gewühltes Blumenbeet ausnahm.

»Geneviève!« flüsterte ich. Sie fuhr auf, ihre Schulter prallte mit meiner bloßen Hand zusammen. Ich fühlte, wie sie unter meiner Berührung leise erbebte, und sah sie zum erstenmal vor mir erröten.

Die Mutter hatte die kleine Karoline angepackt und war mit ihr hinausgetreten. Ich bot Geneviève meinen Arm, sie legte die Hand hinein – eine Hand so weich und warm, leicht bebend wie ein ängstliches Vögelchen. Mir wurde unbeschreiblich zu Mut. Ueber die vielbesprochene Treppe der neuen Oper zog sich ein schillernder Menschenschwarm. Mitten in dem verwirrenden Gedränge hatten noch sehr viele Lorgnons Zeit, uns anzustarren; besonders ein impertinentes Monocle blitzte uns unverwandt – mich beifällig, Geneviève neugierig an.

Es war das Monocle meines Freundes George. Er nickte mir mit bedeutsamem Lächeln zu. Ich runzelte die Stirn.

Sie gingen zu Fuß nach Hause; ich begleitete die Familie, Geneviève noch immer am Arm. Wir sprachen kein Wort. Der erste Hauch von Welkheit lag über den Boulevardplatanen. Auf ganz Paris lastete schon der Stempel müder Schwermut, den der erste schwüle Sommertag ihm aufdrückt. Ich sah auf Genevièves Kranz hinunter, über den sie eine leichte Spitze geworfen – auch er welkte.

Mit Wehmut und Verdruß dachte ich an den Frühlingsabend, an dem ich Geneviève zum erstenmal gesehen . . . . Es war alles anders heute . . . die Welt – und ich und sie!

Sie war vielleicht schöner jetzt – aber warum hatte sie sich verändern müssen, warum hatte es für ein Herz zum wenigsten nicht immer Frühling bleiben können! . . .

In den Straßen, die wir durchschritten, war alles wie ausgestorben. Der Lärm der Boulevards tönte zu uns herüber wie das Gestöhne eines zu ewiger Rastlosigkeit verurteilten Ungetüms. Durch meinen Kopf schwirrten Echos der Gounodschen Musik, dazwischen hörte ich wie im Traum das leise Knistern des Kleides Genevièves. An der Thür des dunklen Hauses in der Rue des Moineaux erging sich die Alte in wortreichem Dank, Geneviève reichte mir nur stumm die Hand, nachdem ihre Mutter bereits in den Hausflur getreten war. Ich drückte die kleine Hand, als wollte ich sie zer-

malmen, hielt sie an meine Lippen und stammelte: »Geneviève! . . .
Geneviève!«

Ihr Gesicht war bleicher als gewöhnlich, die Lippen röter – ein
Ausdruck beinahe schmerzlicher Verzückung lag auf ihren Zügen,
auf ihren geflossenen Augen, ihrem lächelnden Mund. Plötzlich
schlug sie die Augen voll zu mir auf und tauchte einen zögernden
fragenden Blick in die meinen. . . .

Langsam ließ ich ihre Hand aus meiner Rechten gleiten – »Geneviève!« schrie von drinnen Madame Guichard – Geneviève eilte fort
– polternd schloß sich die schwere, schwarze Thür hinter ihr. –

Ich war allein.

Alle meine kleinen geringfügigen Lügen fielen mir ein – noch vor
wenigen Tagen hatte ich etwas unbeholfen dazu gelächelt – heute
wußte ich's, daß ich damit ein Verbrechen begangen hatte.

Unruhig verließ ich das stille Straßengewinkel und wandelte das
Boulevard entlang, um mich zu ermüden, zu zerstreuen. Wie mich
das häßliche banale Treiben ekelte! – Die geschminkten Weiber vor
den Cafés – die bis zum Dach hinauf beleuchteten Verkaufsbazars –
die Gaslaternen – der ekle Staubgeruch, alles war mir widerlich.

»Mir ist's, als sollte ich wahnsinnig werden oder sterben!« . . .

Die Worte Genevièves kamen mir immer und immer wieder in
den Sinn zurück. Ich fühlte eine nagende Reue, aber mitten in dieser
Reue erfaßte mich momentan eine wilde Freude, eine Sehnsucht. –

– – Plötzlich steckte jemand die Hand in meinen Arm – es war
George. Da ich seiner Gesellschaft in diesem Augenblicke gerade
recht gerne entraten hätte, so sagte ich nur: »Ah!« und blieb stumm.
Er aber fing augenblicklich an aufs lebhafteste zu plaudern.

»Nimm meinen aufrichtigen Glückwunsch entgegen,« begann er,
»der Teufel . . . Ça . . . hast du eine Cigarre?«

Ziemlich mürrisch reichte ich ihm mein Etui. – Es war bekannt,
daß George mit keinem seiner Freunde zusammenkommen konnte,
ohne sich irgend etwas von ihm auszuborgen. Er gehörte in die
Kategorie jener gesellschaftlichen Zigeuner, die jeglichen Besitz aus
philosophischen Gründen scheuen und, selbst wenn sie Geld haben
– von Schulden leben.

»Ça! Wo hast du denn diese Perle aufgefischt?« fuhr er in seiner leichtsinnigen Art fort.

»Von wem sprichst du?« fragte ich barsch.

»Von deiner Ophelia, lieber Hamlet. Schicke sie nicht in ein Kloster ... das heißt avisiere mich vorher. – Nun begreif' ich's, warum dir keine Frau mehr gefallen wollte. Sapristi! Welche Schönheit ... habe mein Lebtag nichts Schöneres gesehen ... eine Göttin ... eine Nymphe! ... Aber die Familie mußt du pensionieren ... die verdirbt den Effekt ... schauderhafte alte Portière, die Mutter!«

Was hatte ich angerichtet! Arme Geneviève!

»Deine Voraussetzungen sind falsch – ganz falsch,« rief ich, »sie ist das ehrbarste Mädchen von der Welt. Es ist eine Schmach, in dieser verpesteten Atmosphäre auch nur ihren Namen auszusprechen. Ich bin mit ihrer Familie befreundet ...«

George musterte mich mit einem so eigentümlichen Blick, daß mein Redefluß plötzlich stockte.

»Verzeih mir die Frage, mein Lieber,« begann er mit mühsam zurückgehaltenem Lachen – »aber ... hm ... wenn meine Voraussetzungen wirklich falsch waren, wie kommt's denn dann, daß *du* ... mit *dieser Familie befreundet* bist?«

Ich blieb stumm.

Er klopfte mir lustig auf die Schulter – »hm ... hm ... ich begreife jetzt – man macht Faxen – hält dir den Brotkorb hoch ... c'est une vertu hein ... mai cela s'arrangera!«

»Niemals!« rief ich heiser vor Wut.

Er zuckte mit den Achseln, zog die Brauen in die Stirn – »Tiens ... nun, dann bedaure ich dich von ganzem Herzen,« sagte er.

Wir standen gerade vor dem Café Riche, er fragte, ob ich mit ihm soupieren wolle. – Da ich ablehnte, wünschte er mir einen »guten Abend« und trat in das Restaurant.

Ich ging nach Hause. –

Ein langsam streichender Lufthauch zog schwül wie ein Seufzer der Leidenschaft über die elysäischen Felder, von Zeit zu Zeit durchriß ein fahler Schein das schiefergraue Gewölke. Es wetterleuchtete.

In der Nacht tobte ein furchtbares Gewitter über Paris. Ich stand an meinem Fenster und blickte hinaus in die roten Blitze, die mit schwarzer Finsternis wechselten. Mein Atem kam brennend heiß über meine Lippen, mein Herz pochte laut, hungrig – gebieterisch fordernd.

In London, in Petersburg, in Wien hätte mir der Gedanke kommen können, sie zu heiraten, in Paris kam mir der Gedanke nicht! –

*

Den nächsten Tag gegen fünf, das heißt zu der Stunde, um die sich Geneviève nie zu Hause befand, ging ich in die Rue des Moineaux, um mich von den Guichards zu verabschieden. Die alte Frau schien sehr bestürzt, als ich ihr meine Abreise ankündigte. Sie wünschte mir mit süßsaurer und augenscheinlich empfindlicher Miene gute Unterhaltung in Ems, wohin ich von meiner kranken Schwester plötzlich berufen worden zu sein vorgab, und lud mich ein, sie bei meiner allfälligen Wiederkehr nach Paris zu besuchen.

Den Kopf tief zwischen den Schultern, den Blick auf dem Boden, wanderte ich dann über das heiße Macadam. Da hörte ich den Ton der heiseren Harmonika des Savoyarden an der Ecke der Oper. Hier mußte Geneviève vorbeikommen! Ich bebte an allen Gliedern, ich konnte mir's nicht versagen, stehen zu bleiben und auf sie zu warten. Sie kam! Von weitem schon erkannte sie mich. Sie errötete und lächelte befangen.

Ich aber? . . . Nun, ich nahm den Hut ab – und bog gegen die Rue Auber zu in den Opernplatz!

Ich habe sie nie mehr gesehen nie mehr! O, meine weiße Lilie, meine Seele, mein Glück, das ich von mir wies und tötete und zertrat! – –

Noch in derselben Nacht reiste ich ab. Ich war stumpf, gleichgültig – nichts gefiel mir in Ems – ich sah nichts. Ich war unzufrieden mit der Welt und mit mir und schleppte mich nur mit Unlust durch die Alltäglichkeit des Lebens. Hundertmal kam mir der Gedanke, umzukehren und mir mein Glück zu holen aus dem kleinen, häßlichen Zimmer in der Rue des Moineaux. Warum that ich's nicht? –

Die glänzendste Erscheinung in Ems war eine abenteuerliche Ungarin, verwitwet, von ihrem Mann zu gunsten seines Bruders enterbt und mit dem Bruder in Prozeß – hübsch, brünett, mit einem gutmütigen Mund und großen, lebhaften, geistlosen Augen. Ihre weltberühmte Excentricität bestand darin, daß sie sich unter allen Umständen des Lebens immer wie eine Grisette benahm, was zu ihrem gesellschaftlichen Rang einen pikanten Kontrast bildete. Ich erwarb mir ihre Gunst, folgte ihr von Ems nach Ostende und von da nach Wien. Ich liebte sie nie, aber ich gewöhnte mich an sie – ich hörte sie gern lachen.

Da, wir kannten einander gerade zehn Monate – erklärte sie mir eines Tages lachend, halb verlegen, mit ihrem stark wienerischen Accent, sie habe ihren Prozeß verloren – sie habe Schulden, der Bruder ihres verstorbenen Gatten habe ihr großmütigst angetragen, sie zu heiraten – – –»was wollen Sie? . . .«

Ich verbeugte mich und ging. Ich wunderte mich nur, daß mir die Sache so gar – aber so gar keinen Eindruck machte! Nur waren mir die Tage nun so lang, und ich wußte nicht, wie sie herunterleben.

Da überkam mich die Sehnsucht nach Geneviève – so heiß, so bezwingend, daß ich alles darüber vergaß.

Meine Vernunft ergab sich meinem Herzen . . . ich reiste nach Paris. – – –

Es war ein Frühlingstag wie damals, ich suchte den kleinen Savoyarden an der Ecke der Oper. Er stand nicht dort. Das verdroß mich, und eine häßliche Angst beschlich mich. – Hinter der Vendômesäule leuchteten die Becken des Konkordienplatzes – die Rue neuve des Petits Champs war bunt von Blumen und Orangenkarren. –

Jetzt stand ich vor dem schwärzlichen Gebäude in der Rue des Moineaux.

»Wohnt hier noch Mademoiselle Guichard?« fragte ich die Concierge.

Sie bejahte zuvorkommend – ich stürzte die Treppe hinauf. Eine reinliche Bonne öffnete mir die Thür. Mit Wollust heftete ich meine Augen auf die blauen Wände, auf das gelbe Parkett.

Die alte Frau begrüßte mich etwas steif, – sie war schwarz gekleidet, aber von zufriedenem Aussehen.

Auf meine Frage nach ihrem Befinden teilte sie mir eiligst mit, es ginge ihr sehr gut – ihre jüngste Tochter sei im Begriff, einen reichen Uhrmacher zu heiraten, das mache allem Elend ein Ende.

»Und Geneviève?« fragte ich. Meine Augen hefteten sich auf die altväterische Uhr am Kamin, die soeben sieben zeigte, mein Ohr horchte gespannt.

Die geschwätzige Alte brach in Thränen aus.

»Geneviève ist tot!« –

Ja, kurz nach meiner Abreise hatte sie der Typhus in kaum zehn Tagen hingerafft! –

O, meine weiße Lilie, meine Seele, mein Glück, das ich von mir wies und zertrat!

Es war immer Frühling geblieben für ihr Herz – der erste schwüle Sonnenstrahl hatte es vernichtet! . . .

*

Es mögen wohl zehn Jahre vergangen sein seit der Zeit – Paris hat sich verändert, das alte, schwarze Haus in der Rue des Moineaux ist von der Bildfläche verschwunden – ich habe neulich umsonst die Stelle gesucht, wo es gestanden haben mag. Ich fand sie nicht.

's ist nichts mehr übrig von meinem Frühlingstraum. Ich bin ein alter Mann geworden – in meinem Herzen ist es grabesstill, der Frühling weckt kein süßes Chaos von Hoffnung und Sehnsucht mehr darin. Ich bin vernünftig geworden, das heißt ich enthusiasmiere mich nicht mehr für Kleinigkeiten und gräme mich auch nicht mehr darüber – aber – ich habe auch keine rechte Freude am Leben mehr.

Doch wenn ich mich manchmal des Nachts so recht verdrießlich niederlege und spöttelnd über die zahllosen Uebelstände dieser häßlichen, schmutzigen Welt und über die Glücklosigkeit meiner Existenz nachzudenken beginne, da steht plötzlich neben mir eine hohe, schlanke Mädchengestalt in einem schwarzen Kleid und mit einem Kranz von Gaisblattblüten im goldenen Haar. Die heftet die schönen Augen ernst und vorwurfsvoll auf mich und flüstert: »Ich heiße Geneviève!«...

*

O ihr, die ihr das Leben noch vor euch habt – wenn sich euch einmal das leuchtende Wunder des Glücks offenbart, so kniet anbetend davor nieder und haltet es fest mit beiden Händen. Grübelt nicht lange darüber nach, ob es dann das rechte, das ganze Glück sei, denkt daran, daß es keinen Tag gibt ohne Schatten, aber daß es eine Nacht gibt ohne Licht! –

Ossip Schubin

Der Ballsaal des Grafen von Linkebeek.

In einer jener malerischen belgischen Städte, die zugleich an Sevilla und an Venedig erinnern, und mit deren südlicher Bauart der graunordische Himmel und das plumpblonde Flämenvolk in rätselhaftem Widerspruch stehen, erhebt sich am Ufer eines dunklen Kanals ein Haus, groß, finster und öd! . . . öd, daß nichts öder sein kann auf der Welt.

Die Fensterscheiben sind von Wind und Wetter längst aus den morschen Rahmen herausgebrochen, die steinernen Gesimse zerbröckelt, die schlanken Säulen gesprungen, die Wände an vielen Stellen vom Mörtel entblößt. Kein Grashalm wächst in den Ritzen, kein Moos legt sich an das feuchte Gemäuer, selbst Eulen und Schlangen meiden es, und der verworfenste Vagabund würde sich scheuen, seinen frierenden Leib in diesen vereinsamten Räumen zu bergen. Mit ächzender Hast rauscht der Kanal vorbei, als triebe ein furchtbar Grauen seine Wasser von der verruchten Stätte hinweg. Und unverändert schwarz und still, jahraus, jahrein, ragt das unheimliche Haus in die Luft empor, wie das aus Stein gemeißelte Denkmal eines ungeheuren Verbrechens! –

Nur einmal alljährlich regt sich's hinter den grauen Mauern, in der einundzwanzigsten Oktobernacht. Da hüpfen schwanke Gestalten unten in dem phantastisch verschnörkelten Anbau mit den spitzen Fensterbögen, dem Ballsaal der schönen Margareta, hüpfen dort zu den verschwommenen Klängen einer schaurigen Musik, bleich und hohläugig in golddurchwirkten Gewändern bis zum Morgengrauen. Dann wird aus der leisen Musik ein wildes Geheul und Gestöhn, der Spuk verschwindet – und alles ist wieder stumm und öd . . . . öd, daß nichts öder sein kann auf der weiten Gotteswelt! . . .

*

Das Haus gehörte vor alten Zeiten den Grafen von Linkebeek, und der »Ballsaal Margaretens,« wie ihn der Volksmund nennt, ward erbaut vom letzten Sprossen des erlauchten Geschlechts, zu Ehren seines lieben Töchterleins.

Der letzte Graf von Linkebeek war ein schöner, ernster flämischer Edelmann, dazu reich und gut. Früh verwitwet, tröstete er sich, wie man sich über den Verlust eines angebeteten Weibes einzig trösten kann – durch die Liebe zu seinem Töchterchen Margarete, das der Verstorbenen täglich ähnlicher sah.

Zärtlich lebten sie füreinander, Vater und Kind, mit den Erinnerungen an die Verstorbene im täglichen Verkehr, manch schönes Jahr. Da kreuzte den Weg des schon alternden Grafen eine seltsam anziehende, rätselhafte Frau – eine Spanierin, Donna Mercedes mit Namen, schön wie eine Sommernacht . . . eine stille, schwüle Sommernacht, in der ein Gewitter schläft.

Die Leute sagten, Donna Mercedes habe dereinst ihr Herz verschenkt an einen jungen, ritterlichen, leichtsinnigen französischen Kavalier, der damit gespielt und es spielend zerbrochen – zerbrochen das Herz und alles Gute, das darin gewesen, mit. Drob hatte sie sich in ein Kloster zurückgezogen, um ihre kranke Seele zu heilen. Aber immer lauter hatte in ihrer Brust die Stimme irdischer Leidenschaften aufgeschrien inmitten der kühlen, heiligen Stille – und die irre Glut in ihr heißer getobt. Da war sie aus dem Kloster getreten und hatte die dunkel bewimperten Lider über die Augen gesenkt, in denen das Feuer brannte, das die Liebe darin entzündet hatte, das Schmerz und Eifersucht darin geschürt, und ihren versengten Lippen ein sanftes Lächeln abzwingend, war sie von neuem in die Welt zurückgekehrt.

Sie begegnete dem Grafen von Linkebeek. Weiß Gott, welch höllische Kunst sie aufbot, ihn an sich zu fesseln. Ohne sein Herz zu rühren, berückte sie seinen Sinn. Er reichte ihr seine Hand. –

Dann waltete sie mit würdigem Anstand in dem großen, schönen Haus – dem Haus, das nun so öd ist, und war voll sanfter Süßigkeit gegen ihren Gemahl, den sie verachtete, und gegen ihre Stieftochter, die sie haßte.

Ja, sie haßte Margarete! Nicht weil Margarete schön war, denn schön war ja Mercedes auch; nein, weil alle Welt Margareten liebte. Trat sie in den Garten, so setzten die Vögelein sich ihr auf die Schultern und pickten ihr aus der Hand, und die Blumen beugten fröhlich ihre bunten Köpfchen vor, um den Saum ihres Kleides zu küssen. Und auf den Straßen gar, da grüßte sie jung und alt so herzlich und ehrerbietig zugleich, und kleine Kinder streckten die dicken Händchen nach ihr aus und hüpften ihr jubelnd entgegen.

Mit jedem Tage wurden ihre Haare goldener und ihre Augen blauer, und ihre Lippen begannen zu beben, und ihr Herz zu pochen in der Ahnung eines großen Glücks – jener holden Ahnung, die fast jedes junge Herz zur Frühlingszeit des Lebens durchschauert, und die oft gar nicht, oder nur schmerzlich in Erfüllung geht.

Sie stand im siebzehnten Jahre; ihrer Jugend und Schönheit zu Ehren ließ der Graf von Linkebeek sein ganzes Haus neu ausschmücken, vom Dach bis zum Erdgeschoß, ließ einen neuen Flügel anbauen mit jenem Ballsaal, in dem jetzt die Gespenster tanzen alljährlich in der einundzwanzigsten Oktobernacht! –

Es war im Sommer, da der Umbau vor sich ging. Donna Mercedes reiste zurück in ihr gelbes, sonnverdorrtes Vaterland, das Land der Stierkämpfe und der Inquisition, wo ihre greise Mutter im Sterben lag, und Margarete brachte mit ihrem Vater die Zeit in den Ardennen zu in einem epheuumrankten Schlosse, das gar stolz und festlich aus einem lustigen grünen Thale herauslachte.

Es war ein wunderbarer Sommer, voll Sonnenstrahlen und Vogelgezwitscher und Blumen und Duft. Vater und Tochter fühlten sich glücklich durch die Abwesenheit der schwarzen Mercedes, die ihnen stets fremd geblieben war, trotz der ewig gleichen Süßigkeit ihrer Rede und der Sanftmut ihres Lächelns.

Ein Tag kam, an dem Margaretens friedlicher Frohsinn sich zu stürmischer Freude steigerte . . . . Sie liebte! Wen? . . . Einen jungen, ritterlichen, leichtsinnigen französischen Kavalier. Ja, leichtsinnig war er gewesen, ehe er Margareten erblickt und von da an ihrer holden Schönheit gefolgt war, in unwiderstehlicher Sehnsucht, wie ihr Schatten. Bis dahin hatte er sein Herz berauscht und eingeschläfert mit tändelnden Liebesliedern, hatte mit verwegenem Lächeln und lustigem Achselzucken die Welt durchstreift und jede Blume gepflückt, die ihn mit ihrem Duft gereizt – durch ihre Farben bestochen, und wenn er ihren Duft aufgesogen und sie welk geküßt, sie weggeworfen und vergessen.

Er hatte gethan, was alle andern thaten, und nicht bedacht, daß, was er that, schlecht sei.

Doch seitdem er Margareten kannte, war alles anders geworden. Die Frauen reizten ihn nicht mehr, er sah sie gar nicht, sah niemand mehr als sie. Aus seinem Wesen war die lustige Verwegenheit gewichen, demütig, einem Bettler gleich, stand er vor ihr.

Er liebte sie mit jener tiefen, andächtigen Liebe, die da ist wie ein Gebet.

Die Stunde schlug, in der er erfuhr, daß Margarete seine Neigung erwidere. Als zum erstenmal seine Lippen ihr schüchternes Mündchen berührten, fühlte er sich gereinigt von allem Erdenschmutz, der ihm angeklebt!

Unterdessen war der Umbau des Hauses beendet – beendet der Ballsaal, in dem getanzt werden sollte, zu Ehren der Verlobungsfeier Margaretens.

Sie zogen in die Stadt zurück, und alles freute sich, und der Fluch des Neides lag nicht auf dem Glücke Margaretens, so beliebt war sie.

*

Da starb die greise Mutter Mercedens. – Die Gräfin von Linkebeek kehrte aus Spanien zurück. Das erste, was sie nach ihrer Wiederkunft erfuhr, war ihrer Stieftochter Verlobung. Sie saß in ihren schwarzen Trauerkleidern in dem hohen, braun getäfelten Saal, den Rücken gegen das Fenster, durch das die roten Sonnenstrahlen des Herbstabends hereinlachten; – bleich und stumm saß sie noch lange, nachdem das Mädchen ihre frohe Mitteilung geendet.

Margaretens Herz war so reich geworden durch die neue Wonne, daß sie darin sogar ein Gefühl für ihre unheimliche Stiefmutter gefunden, und als diese nicht mit einem Wort ihr antwortete, nur mit einem ruhig kalten Kuß, da überkam sie ein Grauen, und sie rief: »Mutter, was habt Ihr, was hab' ich Euch gethan?«

*

Aber Mercedes saß bleich und stumm, den Rücken gegen das Fenster, durch das die roten Sonnenstrahlen lachten, und antwortete nicht.

Da floh Margarete weinend aus dem Saal.

Und die Sonnenstrahlen starben, und der Tag sank in sein kühles Grab. – Mercedes saß noch immer an derselben Stelle. Da hörte man Hundegebell und die Tritte geschäftiger Diener und eine junge, warme Stimme.

Die dunklen Gewänder der Spanierin bewegten sich leise ... sie schlug die Augenlider auf, die so mühsam das schwüle Geheimnis bargen, das ihr Blick verriet, und ihre Lippen verzerrten sich – eine Sekunde nur.

Als der, der ihr Schwiegersohn werden sollte, vor sie hintrat, war ihr Antlitz sanft wie immer. Ruhig empfing sie ihn, wie einen alten Freund, nicht wie einen treulosen Geliebten.

Der Unruhigere von beiden war er. Er erkundigte sich schüchtern nach ihrem Wohlergehen. Sie lachte ihm ins Gesicht und fragte: warum er denn so besorgt erscheine um sie, und was ihr wohl fehlen solle, und als er Verworrenes zu stottern begann, da legte sie die Hand an die Stirn und meinte. »Ach, mir dünkt, ich hab' Euch einst geliebt, daran denkt Ihr wohl jetzt. Wie eitel ihr Männer doch seid! Ich hatt's vergessen ... bin so glücklich!«

»Wenn Ihr glücklich seid, so freut's mich von Herzen und ich verzeih' Euch Eure Vergeßlichkeit,« so erwiderte er und küßte ehrerbietig die Fingerspitzen der Spanierin.

Und Mercedes fuhr fort sanft zu lächeln und die Augen niederzuschlagen, gleich einer Heiligen. Aber in der Nacht hörte man sie unaufhörlich auf und nieder irren in ihrem Schlafgemache, hörte ein dumpfes Aechzen und Stöhnen, und wenn sie dann am Morgen mit ewig gleich ruhiger Vornehmheit aus ihrem Zimmer trat, da wußten ihre Dienerinnen wohl, daß ihr sanftes Gesicht nichts war, als eine schöne, bleiche Lüge, nur ahnten sie nicht, was diese Lüge verbarg.

Mercedes fastete, sie geißelte sich, bis das Blut von ihrem weißen Körper herunterfloß. Sie lag stundenlang auf ihren Knieen und betete. Die Engel fürchteten sich vor ihr, und der böse Geist drang in sie.

Da dämmerte der Tag, an dem es gefeiert werden sollte, das Verlobungsfest Margaretens. Die Pein der Spanierin steigerte sich bis zum Unerträglichen. Es hielt sie nicht mehr in dem Hause, allwo sie Margaretens lustigen Schritt, ihr frohes Lachen hörte; sie irrte hinaus. Bis in die verkrümmten Gäßchen des ältesten Stadtteils irrte sie. Dort stand ein Kloster spanischer Mönche, in dessen Kapelle sie gewöhnlich zur Beichte ging. Sie trat in den heiligen Raum; dreimal näherte sie sich dem Beichtstuhl, dreimal kehrte sie um. Vor dem Altar lag sie wohl eine Stunde auf den Knieen ... um was betete sie?

Als sie aus der Kirche trat, dunkelte es schon. Sie mußte sich beeilen, zur rechten Zeit noch ihr Heim zu erreichen. Tief zog sie den Schleier ins Gesicht und hüllte sich fest in ihren schwarzen Mantel. Plötzlich hörte sie eine leise Stimme und erblickte unter einem halbverfallenen Thorbogen eine seltsame Gruppe: eine Frau, so glühend vor Fieber, daß die kühle Luft um sie herum sich in weißen Hauch verwandelte, Arme, Hals und Antlitz mit Geschwüren bedeckt, lag stöhnend in einem Winkel gegen die Wand gedrückt; ein junges Mädchen kauerte ihr zur Seite, beide Ellbogen auf den Knieen, die Wangen zwischen den Händen, in den düsteren Augen ein grünes Licht und auf den zersprungenen Lippen ein irres Lächeln. Das Fieber schüttelte auch ihren mageren Leib. Glänzende Münzen und Schnüre von bunten Glasperlen umwanden ihren Hals und flimmerten in ihrem pechschwarzen Haar. An den nackten Füßen trug sie goldgestickte Pantöffelchen, und ihr schlanker Körper war in golddurchwobene Lappen von phantastisch-maurischem Zeuge eingehüllt.

Ein Mann stand neben den beiden Weibern, finster blickend und stumm.

Mercedes erkannte in den Wegelagerern spanische Zigeuner, solche, die, heimatlos durch die Welt ziehend, ihre Tage hinbringen, den Menschen das Schicksal aus der Hand zu lesen oder ihnen auch allerlei anmutige Gaukeleien vorzumachen – Leute, die, den andern zur Kurzweil lebend, sobald sie zu ihrem spielenden Handwerk untauglich geworden – von niemand mehr gerne geduldet sind.

»Was macht Ihr hier?« fragte die Gräfin in spanischer Sprache.

»Laßt uns in Ruh'! Wollt Ihr uns denn auch noch von hier vertreiben?« gab ihr der Mann barsch zurück.

»Ich will Euch nicht vertreiben, ich frage nur, was Ihr hier thut,« sprach Mercedes ruhig.

Da fuhr sich der Mann mit müder Ungeduld über die Stirne. »Gestern sind wir hier angekommen,« begann er, »haben ein Obdach gesucht für die Manuela, weil sie krank ist, und man hat es uns verweigert, eben weil sie krank ist. Da haben wir sie hierhergeschleppt, ein paar herrenlose Hunde haben sie angeschnuppert, sonst hat uns niemand gestört. In zwei Stunden wird die Manuela tot sein – und morgen werden wir weiterziehen, vorausgesetzt, daß die Paquita hier noch vom Fleck kann!«

Das kranke Mädchen stöhnte!

Mercedes starrte vor sich hin. Wer jetzt in ihre Augen geblickt, der hätte in die Hölle geschaut.

»Wollt Ihr mir das Tuch dort geben?« sprach sie, auf eine golddurchwirkte Schärpe deutend, welche die Schultern der Sterbenden bedeckte, und dabei zeigte sie dem Zigeuner ein Goldstück.

»Meinetwegen, samt der Pest, die daranhängt,« gab er zur Antwort.

Mercedes lächelte sonderbar. Sie sah aus wie ein Raubtier, das von ferne seine Beute erspäht hat. Sie nahm das Tuch in ihre dicht behandschuhten Finger und wandte sich, nachdem sie dem Vagabunden diese unheimliche Ware bezahlt, mit raschen Schritten zur Heimkehr.

*

Die Kerzen brannten hell, und die Musik durchschallte jubelnd den Ballsaal, den der Graf von Linkebeek seinem Töchterchen zu Ehren hatte erbauen lassen. Schöne Frauen mit schmachtendem Blick, stolze Kavaliere mit verbindlichem Lächeln füllten den prächtigen, festlich geschmückten Raum, wechselten heimliche Liebesworte, die wie oberflächliche und höfliche Redensarten, die wie leidenschaftliche Liebesklagen klangen.

Aber trotz all der Festlichkeit und Pracht gab's keinen heiteren Sinn bei dem Verlobungsball Margaretens, und schwer lag's auf allen Gästen wie ein Gefühl unklarer Angst. Die Füßchen der Tänzerinnen waren wie festgeklebt an dem Boden von kostbarem Mosaik, sie schleppten sich kaum, und die Kavaliere, an deren Arm sie sich schwerer, als sonst üblich, lehnten, waren totenblaß.

Die Luft war dumpf und erstickend. Ein dunkles Gewitter umzog von allen Seiten den Horizont und umkreiste das Haus finster und schrecklich wie eine böse Ahnung. Und in der Orangerie, die an den Ballsaal stieß, zitterten die grünen Sträucher und schwatzten laut miteinander wie Kinder, denen vor Gespenstern bangt.

Nur zwei Menschen merkten nichts von der schweren Unglücksatmosphäre, die sich dichter und dichter um sie herumzog, das waren Bräutigam und Braut. Blick in Blick, mit zärtlichem Lächeln und leise gesprochenem Wort, so standen sie in einer hohen Fensternische. Das Mondlicht strömte von draußen herein, mitten zwischen den hellen Kerzenschimmer und küßte den Nacken der Braut bleich und traurig.

Da durchschritt den Ballsaal die Gräfin von Linkebeek. Sie war blässer und erschien höher und lächelte süßer als jemals – während sie auf die Braut zutrat und ihr mit rascher Bewegung ein golddurchwebtes Tuch um die bloßen Schultern warf.

»Wie könnt Ihr so unvorsichtig sein, Margarete, so leicht gekleidet neben dem offenen Fenster zu bleiben?« so sprach Mercedes, und dankbar nickte die Braut.

Immer noch dröhnte die Musik, aber ihr Jubel klang schrill und schrecklich, und die Kerzen in den hohen Kronleuchtern flackerten ängstlich! – Kleine, geisterhafte Schattenfetzen huschten über die Tanzenden und krochen an den Wänden empor.

Und draußen stöhnte das Wasser des Kanals laut in seinem gemauerten Bett – und schlug gegen die Stufen des Hauses und rauschte schaudernd vorbei.

Immer bleicher wurden die Gäste, schwarze Ringe zogen sich um ihre Augen, und ihre Lippen wurden blau; sie sahen einander an – da zerschnitt ein Schrei die dumpfe Luft . . . der Schrei, mit dem die Braut ohnmächtig dem Bräutigam in die Arme sank!

Um weniges später war der Ballsaal leer, die Musik verklungen, die Kerzen erloschen!

*

Die Braut starb zwei Tage darauf, grausam entstellt, den schönen Leib häßlich schwarz angeschwollen, das zarte Gesicht von Wunden zerrissen; der Graf von Linkebeek unterlag derselben schrecklichen Krankheit, die sein Kind getötet!

Der Bräutigam zog sich schmerzgebeugt in ein Trappistenkloster zurück.

Eine furchtbare Seuche verheerte die Stadt – verheerte seltsamerweise die höchsten Kreise der Gesellschaft und ließ das Elend verschont! . . .

Die Gräfin Mercedes blieb wie durch ein böses Wunder von der Seuche frei. Sie verschwand vom Schauplatz.

Ein Priester will sie um Jahre später in einer unter furchtbaren Gewissensqualen verendenden Barnabiterin erkannt haben! –

*

Die Jahre sind vergangen, der schwarze Firnis der Zeit liegt auf dem alten Haus und auf dem Ballsaal der Gräfin Margarete – aber kein Sturm vermag die festen, stolzen Mauern zu erschüttern, immer gleich finster und starr ragen sie in die feuchte Luft empor, wie das aus Stein gemeißelte Denkmal eines ungeheuren Verbrechens! –

Ossip Schubin

Nepenthes.

Drückende, brütende, atemlose Schwüle! Ueber dem Himmel grauer Wolkendunst! –

Am fernen Horizont eine elende Hütte neben einem Holunderbusch, und vor ihr mit riesengroßen, blutroten Blüten am Ufer eines trüben Tümpels emporragend, eine Mohnstaude!

Es ist ein Tag, an dem sich die ganze Natur vergeblich nach einem kühlenden Lufthauch sehnt, und ein wundes Herz nach Thränen!

Keine Bewegung in der Luft – überall tote, stumpfe Stille! – Nur in den Blüten des Mohns ein leises Flüstern! –

Die Blüten erzählen eine Geschichte!

In alten Zeiten war's – damals als die Engel noch mit den heidnischen Göttern kämpften um die Herrschaft über die Welt.

Da lebte ein Mägdlein, das war rein wie frischgefallener Schnee und lieblich wie Sonnenschein. Dem begegnete Amor auf seiner leichtsinnigen Wanderschaft, schmeichelte sich zärtlich überredend bei ihm ein – und als es sich hingebend an ihn schmiegen wollte, da biß er das Mägdlein mutwillig in sein weiches, junges Herz und flog fort.

Tödlich getroffen sank das Mägdlein zu Boden! –

Da flatterte ein Engel aus dem Himmel nieder, um die Wunde zu heilen, die der Gott geschlagen, aber die Wunde war zu tief. –

Aus dem zerrissenen Herzen drangen drei Blutstropfen – und aus denselben erwuchsen große, rote Blüten. Der Engel berührte diese mit dem Finger und sprach: »Mögest du blühen, großen Schmerzen zur Linderung, müden Herzen zum Trost! Allem Leiden, das keine Heilung mehr finden kann auf Erden, soll eine große Gnade zu teil werden durch dich – die Vergessenheit!«

Kaum hatte der Engel die Worte gesprochen, so verschwand er!

Das traurige Mägdlein aber schlief! –

Ossip Schubin

Die Hoffnung.

L'espérance toute trompeuse qu'elle est, sert
au moins à nouos mener à la fin de la vie par
un chemin agréable.
Larochefoucauld.

Die höhere Vernunft hat beim lieben Gott die Hoffnung verklagt.

Der liebe Gott war sehr betrübt darüber, denn er fühlte eine besondere Zuneigung für die hübsche, gutmütige Närrin, die er an einem sonnigen Frühlingstag einst spielend zu seinem und der Menschheit Vergnügen erschaffen hatte, und zwar kurz nachdem die Verzweiflung während eines winterlichen Schneegestöbers, ohne sein persönliches Eingreifen, so mehr von selbst auf der Erde entstanden war. Doch durfte er sein Ohr gegen die anklagende Stimme der Vernunft nicht verschließen, und so forderte er sie denn auf, ihm über die Verbrechen der Hoffnung Bericht zu erstatten.

Wie die Vernunft einmal zu Worte gekommen, war sie nicht mehr zum Schweigen zu bringen. »Sie ist eine abscheuliche Gauklerin, Heuchlerin und Lügnerin!« rief sie. »Sie schmeichelt sich ein bei den Menschen, heftet sich ihnen ein Weilchen spielend an die Fersen, um sie dann, sobald sich ihnen ein ernstliches Unglück nähert, plötzlich zu verlassen. Durch ihr unsinniges Geplauder verhindert sie die Sehnsucht, einzuschlafen, und mehr als alles, sie verhindert die Menschen, auf mich zu hören – sie weisen mir alle die Thür! – –«

Der liebe Gott dachte bei sich, daß es den Menschen im Grund nicht sehr zu verübeln sei, wenn sie ungern mit der reinen Vernunft verkehrten; denn ein unliebenswürdigeres Frauenzimmer erinnerte er sich nicht im ganzen Umkreis seiner Schöpfung je gesehen zu haben. Anstatt der gewöhnlichen zwei Augen unter der Stirn hatte sie sechs Augen rund um den Kopf herum, so daß sie nach allen Seiten zugleich sehen konnte, und da sie die Augen nie schloß, ja nicht einmal damit blinzelte, so war es äußerst ermüdend, ihren Blick auszuhalten. Anstatt des Herzens trug sie vorsichtshalber ein

Stück Eis in der Brust. Diesem unnatürlichen Umstand war es wahrscheinlich beizumessen, daß sie sehr fahl und blutleer aussah, und daß ihre Züge von erschreckender Schärfe waren. Ihre Stimme war hoch und schrill, und je länger sie sprach, desto lauter wurde sie. Da sie gar nicht aufhören wollte mit ihrer keifenden Beredsamkeit, wurde es dem lieben Gott endlich zu arg. »Nun hab' ich's genug!« rief er und hielt sich die Ohren zu. »Hol mir die Hoffnung her, damit sie sich gegen deine Anklagen verteidige. Gereicht sie den Menschen wirklich so sehr zum Unglück, wie du es behauptest, nun, so nehm' ich sie hinweg von der Erde und behalt' sie bei mir im Paradies!« –

Hocherfreut über den erzielten Erfolg, machte sich die reine Vernunft sogleich auf die Reise. Schon im Weggehen wendete sie sich jedoch noch einmal um und meinte: »Ich habe dich wohl etwas erzürnt, Allmächtiger, durch die Länge meiner Rede, aber die Menschen lassen mich so selten zu Wort kommen, daß es mir, wenn ich endlich einmal Gelegenheit finde, mich auszusprechen, schwer wird, den Mund zu schließen!«

»Sieh zu, daß du fortkommst,« befahl ihr der liebe Gott, und da sie sich seinem Gebote fügte, sagte er für sich: »Das Frauenzimmer muß ich entschieden im Zorn erschaffen haben!«

Indessen war die reine Vernunft bereits auf der Erde angelangt und beschäftigte sich eifrig damit, die Hoffnung zu suchen. Da sie jedoch mit ihrer geradeaus laufenden Denkungsweise nie zu erraten vermochte, wohin die launischen Zickzackeinfälle der Verklagten diese eben führten, so war's mit dem Finden nicht allzu rasch bestellt. – Nachdem die Vernunft sich eine Zeitlang vergeblich müde gehetzt, wurde sie ungeduldig und rief: »Gibt es denn niemand, der mir die Närrin finden und festnehmen hälfe?«

Kaum hatte sie das gesagt, so stand auch schon neben ihr eine hohe Gestalt mit einem schauerlich starren Blick in einem wunderschönen, todesbleichen Gesicht. Sie trug einen Kranz von eisbereiften, welken Blumen auf dem Haupt und ein von Reif glitzerndes weißes Gewand, und in jeder Hand hielt sie, fest zusammengepreßt, als suche sie die Flammen zu ersticken, ein brennendes Herz. Es war die Verzweiflung!

»Komm mit mir,« rief sie der Vernunft zu, »ich will dir helfen, die Lügnerin zu suchen, die meine Todfeindin ist. Komm, reich mir die Hand!«

Da die reine Vernunft ihrer hohen kritischen Fähigkeiten halber eigentlich mit niemand ganz zufrieden war, so hatte sie sonst auch an der Verzweiflung allerlei auszusetzen gehabt. Sie hatte sie stets »übertrieben« gefunden. Wenn es sich aber darum handelte, die Hoffnung zu Grunde zu richten, war ihr jeder Bundesgenosse gut genug, und sie reichte der Verzweiflung die Hand.

So machten sie sich denn vereint auf den Weg, die Verzweiflung mit der reinen Vernunft, um die Hoffnung zu suchen und aus der Welt hinauszujagen.

Erst hieß es, sie halte sich eben bei einem berühmten Gelehrten auf, der sich damit beschäftige, den Stein der Weisen zu suchen. Aber als die Bundesgenossinnen bei ihm eintrafen, war sie verschwunden, und man sagte, sie befände sich nun zur Abwechslung bei einem großen Imperator, der mit dem Aufgebot seiner letzten Kräfte um Reich und Krone kämpfe. Aber als die beiden ihn erreicht hatten, da hatte ihn die rastlose kleine Person auch schon wieder verlassen, und mit bösem Triumph warf sich die Verzweiflung über ihn, umschlang ihn und drückte ihn an ihrem Herzen tot, und dazu sang sie ein schaurig süßes Wiegenlied, das sie dem Sturmwind abgelauscht, während er einst klagend über ein leichenbedecktes Schlachtfeld fuhr.

»Halte dich nicht auf, komm!« rief die Vernunft.

Und die Verzweiflung ließ den toten Imperator liegen und nahm von neuem ihre Freundin bei der Hand. Ihre Augen leuchteten siegesmutig. »Wir sollten immer beisammen bleiben, mit dir vereint überwinde ich die ganze Welt,« sagte sie.

»Hilf mir vor allem andern die Hoffnung suchen,« gebot unzufrieden die reine Vernunft. »Dazu hab' ich mich mit dir verbunden, und zu nichts anderm!«

»Warte nur noch ein Weilchen,« tröstete die Verzweiflung, »ihre Spur muß ja zu finden sein, denn wo sie hintritt, sprießen die Blumen und wächst grünes Gras. Und wenn es zu kalt wird, um die

Blumen aus der Erde zu locken, so malt sie wenigstens Eisblumen auf die Fenster hin!« –

*

Indessen saß die Hoffnung an dem Bette eines kranken Mägdeleins, dem sie Märchen erzählte. Ein reizendes Hexlein war sie, diese Schwerverklagte, das mußte man zugeben, und man konnt's dem lieben Gott gar nicht verübeln, daß sie sein Liebling war.

Sie trug ein grünes Kleid, das ihr der Frühling alle Jahr zum Geburtstag schenkte, und dessen Saum reichlich mit Johanniskäferchen besetzt war, zwischen die sich freilich auch hie und da ein Irrlicht hineingemischt. Ein Kranz von dunkelblauen Hyacinthen saß ihr auf dem Kopf, und in ihrem braunen Haar glänzte ein Sonnenstrahl, der sich einmal darin verfitzt und nun nicht mehr heraus wollte. Damit es mit ihren Reisen recht schnell von statten gehe, hatte ihr der liebe Gott ein paar mächtig große Flügel gegeben. Im übrigen sah sie ganz wie ein sehr junges und ungewöhnlich anmutiges Mädchen aus.

Sie hatte ein Paar zarte, weiche Hände, die nur zum Streicheln gemacht schienen, und ein so liebes, nichtsnutziges Kindergesichtchen, daß jedem warm wurde ums Herz, wenn sie ihn anlachte. Wer sollt' es ihr denn noch verübeln, wenn sie sich nicht immer allzuviel dabei dachte? Ihre Stimme war hell und süß, wie die eines Lerchleins, wenn es hoch im blauen Aether droben den Engeln im Himmel ein Ständchen bringt; und mit dieser Stimme sagte sie stets nur lauter liebe und freundliche Dinge. Wer sollt' es ihr verübeln, daß die Dinge nicht immer alle richtig waren? Das arme sterbende Mägdlein gewiß nicht.

Es war ein elendes Zimmerchen, in dem das Mägdlein lag. Die kleinen Scheiben des Fensters waren vielfach gesprungen und mit Papier verklebt. Der böse Dezembersturm schlich sich aus tausend unsichtbaren Wegen durch die Wände herein. Der letzte hölzerne Stuhl war zerbrochen worden und brannte nun in dem eisernen Oefchen. Das Bett war hart. Die Kranke rang mit Schmerz und Tod, aber sie lauschte den Märchen, die ihr die Hoffnung erzählte, und war glücklich. Plötzlich drang eine große Kälte in das Stüblein. Die Hoffnung fing an zu zittern. – Sie spürte die Nähe der reinen Vernunft und erschrak. Mit der Verzweiflung allein hätte sie's noch aufgenommen, aber gegen die reine Vernunft vermochte sie nichts.

Sie wollte fort, aber das kranke Mägdlein flehte ängstlich: »Bleib, bleib!«

Da hatte die Hoffnung nicht das Herz, davonzueilen. Sie nahm das kranke Kind in ihre Arme und schmeichelte es mit süßen Lieb-kosungsworten in den letzten tiefen Schlaf. Mit einemmal fühlte sie eine eiskalte Hand auf ihrer Schulter. Sie sah empor. Die Verzweif-lung stand vor ihr, umschlang sie grausam und warf sie hohnlachend der reinen Vernunft in die Arme. – »Da hast du sie,« schrie sie ihr zu – »führe sie vor den Richterstuhl Gottes. Nun bin ich sie los – nun herrsche ich!«

Da führte die Vernunft denn die Hoffnung hinweg als Gefangene – und die Verzweiflung herrschte allein auf der ganzen weiten Welt!

*

Vor dem Richterstuhl Gottes stand die Hoffnung, und zu all den Anklagen, welche die reine Vernunft auf sie häufte, senkte sie ihr Köpfchen schuldbewußt. Daß sie eine leichtsinnige Fabulistin und Großsprecherin war und viel Böses veranlaßt hatte, konnte sie nicht leugnen. Und als der liebe Gott sie endlich stirnrunzelnd fragte, ob sie ihre Schuld bekenne, seufzte sie: »Ja!« –

Gleich darauf aber hob sie den Kopf und sah aus ihrem reizend schelmischen Gesichtchen gar lieblich zu dem Erzürnten auf.

»Ich kann nichts dafür, o Herr!« sprach sie, »du hast den Drang, die Menschen zu beglücken, in mein Herz gelegt und hast mir die Kraft dazu versagt. Ich bring's nicht über mich, die Menschen trau-rig zu sehen, und da ich nichts andres vermag, um sie froh zu ma-chen, erzähl' ich ihnen wenigstens Märchen!«

Als der liebe Gott noch überlegte, wie der Machtlosigkeit der Hoffnung abzuhelfen sei, kam die Seele eines eben verstorbenen Menschen in den Himmel hinauf. »Wir wollen sie doch fragen, wie's auf der Erde geht,« rief er aus. Der Bericht war schrecklich! Auf der Erde geht es schlecht, hieß es, die Hälfte der Menschen hätte sich bereits, des Lebens überdrüssig, umgebracht – die Hölle muß schon bis an den Rand gefüllt mit Selbstmördern sein, die noch übrig gebliebenen Erdenkinder säßen stumpf und gleichgültig da und hätten nicht den Mut, noch irgend etwas zu unternehmen – die angefangenen Bauten blieben alle unfertig stehen, und die Kirchen leer! Die Hoffnung sei von der Erde verschwunden, sage man, und darum gehe alles zu Grunde. Sonst sei sie auch momentan von der Erde weggehuscht, aber nie auf lange, und noch jedesmal sei sie glücklich eingetroffen, um das neue Jahr aus der Taufe zu heben – aber jetzt blicke die Menschheit umsonst nach ihr aus – sie zeige sich nicht! –

*

Wie die Hoffnung von all' dem Jammer hörte, da wartete sie gar nicht darauf, entlassen zu werden – sie sprengte ihre Fesseln, und fort eilte sie mit mächtigen Flügelschlägen, um »das neue Jahr« aus der Taufe zu heben und den großen Jammer der Menschheit wie ehedem mit Märchen einzulullen.

Gott der Allmächtige ließ sie ziehen, so wie sie war, mit ihren großen Fehlern und ihrer unwiderstehlichen Herzensgüte. Da die Menschen sie nun einmal durchaus nicht entbehren konnten, war vorläufig nicht die Zeit, an ihrer Erziehung und allgemeinen Beschaffenheit herumzubessern. Das sparte er sich für späterhin auf.

Die reine Vernunft aber forderte er auf, sich zu trollen und ihn fürder mit ihren Klagen in Ruhe zu lassen.

Ossip Schubin

Der gefrorene See.

Es war im Paradies – das heißt dem schönsten Punkt der Schöpfung, der wie eine von einem goldenen Lichtschein umwobene Insel mitten im blauen Himmel schwebt. Das Paradies ist voll herrlicher Bäume, an denen die wundersamsten Blüten mit süßen Früchten zugleich hängen, und voll krystallheller Bächlein, die mitten durch sammetgrüne Wiesen über glitzernde Edelsteine hinlaufen. Und die Blüten werden nie welk, und die Früchte nie faul, die Bächlein nie trüb. Die Wolken reichen nie bis zum Paradies, und Tod und Schuld und Krankheit sind dort unbekannte Dinge. Ehe die Seelen der Begnadigten von der Erde bis hinauf kommen, haben sie diese häßlichen Dinge längst vergessen.

Ja, das Paradies ist wunderschön; es hat einen einzigen Fehler, daß nämlich alles schön ist darin. Das wird auf die Länge der Zeit langweilig – manchmal finden das sogar die Engel!

Da war einer unter ihnen, der reizendste von allen – blauäugig und mit krausem, braunem Haar und einem Paar großmächtiger Flügel im Rücken, einem holdseligen Mägdelein zum Verwechseln, den dünkte das ewig schöne Einerlei gar schwer. Und aus der Ferne tief unter der in blauen Lüften schwebenden Insel sah er etwas Dunkles, das von Flammen durchzogen war, und von dem er sich mächtig angezogen fühlte.

Es sei die Erde, sagte man ihm, als er danach fragte. – Immer gewaltiger erfaßte ihn die Sehnsucht nach dem geheimnisvoll Fernen, bis er den Allmächtigen anflehte, sich einmal hinüberschwingen zu dürfen, um es in der Nähe zu betrachten.

Nicht ohne Verdruß vernahm der Allmächtige die Bitte des Engels. Wohl gab er ihm nach, doch knüpfte er an die Gewährung der Bitte eine Bedingung: »Geh du, wohin dich die Sehnsucht zieht,« sagte er, »doch wisse, wenn auch nur ein einziger Flecken deine weißen Schwingen beschmutzt, so darfst du nie mehr ins Paradies zurück!«

Dem Engel kam keine Angst, freudig dankte er dem Allmächtigen für seine Gnade, dann nahm er Abschied von seinen lichtumschimmerten Geschwistern, breitete die weiten Flügel aus und sank durch den reinen Aether langsam nieder zur Erde.

Kaum hatte er diese erreicht, so fühlte er sich von neuem schmerzlichen Leben durchdrungen. Die Blumen dufteten hier stärker – den Gewässern vermochte man nicht allen auf den Grund zu sehen, und mächtige, schmerzlich süße Stimmen klagten und sangen aus ihrer Tiefe hervor. Was aber dem Engelein am seltsamsten erschien, war, daß sich auf dem Himmel graue Wolken tummelten, und daß sich neben jedem Gegenstand, der von der Sonne besonders hell beschienen ward, ein unheimlich schwarzes Etwas ausbreitete, wovor dem Engelein schauderte. Und überall gewahrte es seltsame unruhige Geschöpfe, die aussahen wie Engel, die ihre Flügel verloren hatten, und die es alle sehr eilig hatten, ohne daß – so gut es das Engelein wahrnehmen konnte – irgend viel dabei herausgekommen wäre, als daß immer der eine dem andern so viel Licht wegzunehmen, ihn so tief in das Schwarz hineinzuducken trachtete als möglich. Wer stärker war, der siegte – für einen Augenblick, und dann ging das Hin- und Hergezerr und Gefieber von neuem an. Der Engel fragte, was denn das schwarze Ding sei. Die Menschen antworteten ihm, das sei der Schatten.

Dem Engel graute vor diesem dunklen Etwas, das sich da überall zwischen das Licht hineindrängte auf der Erde, und er fragte: »Gibt es denn nirgend etwas auf der Erde, das kein Schatten verdunkelt?«

Da erwiderte man ihm fast höhnend: »Ja – es gibt das Glück!«

»Was ist das Glück?« fragte der Engel.

»Das ist schwer zu sagen,« erwiderten ihm die Menschen – »ein jeder sieht es anders.«

»Und warum,« fragte der erdenunkundige Engel weiter, »macht ihr euch denn nicht auf, das Glück zu suchen, anstatt euch nur beständig gegenseitig das Licht wegzunehmen und einander in den Schatten zu drängen?«

Die einen zuckten die Achseln und meinten: »Es ist zu weit . . .« die andern lachten spöttisch und sagten. »Es ist ein Märchen!«

Mitten zwischen den Hin- und Hereifernden saß einer, der nichts that und jedem das Licht gönnte, solange ihm nämlich selbst soviel davon blieb, als ihm zum Leben nötig war. Er saß am Wegsaum und von den andern abgewendet und ganz in die Betrachtung seiner Fußspitzen versenkt. Der Engel fragte, wer denn das sei. Da antwortete man ihm, es sei ein Philosoph, und spottend setzte man hinzu: »Der würde am besten Auskunft geben.«

Der Engel nahm alles ernst, und so wandte er sich denn an den Philosophen mit der Frage: »Warum sucht keiner von euch das Glück?«

»Es flieht die, welche ihm nacheilen,« sagte der Philosoph belehrend, dabei sah er den Engel groß an, um den Eindruck zu prüfen, den die Worte auf ihn gemacht. Der aber erwiderte nur übermütig: »Ich habe Flügel – ich hol es ein – sag mir nur, woran man es erkennt.«

»Es leuchtet, ohne zu blenden – und wärmt, ohne zu versengen!« antwortete der Philosoph.

In dem Augenblick gewahrte der Engel einen in glänzenden Farben schillernden Bogen, der sich wie eine großartige Triumphpforte über die Erde spannte.

»Ist das das Glück?« fragte er.

»Manche halten es dafür,« antwortete der Philosoph kurz und versenkte sich von neuem in die Betrachtung seiner Fußspitzen.

Wie die meisten Philosophen gab er seine Weisheit am liebsten ungebeten, hatte es aber sehr ungern, wenn man ihm mit wißbegierigen Fragen allzu nahe auf den Leib rückte.

Der Engel aber breitete seine weiten Flügel aus und schwebte, von lauem Zephyr getragen, hinüber zu dem leuchtenden Wunder. Der Weg war weit, weiter als er geglaubt, und in der That schien der farbige Bogen vor ihm zu fliehen, je mehr er sich beeilte, desto schneller. Kaum konnte der müde Schwärmer sich noch in der Luft erhalten, als plötzlich die schillernde Triumphpforte stille stand. Einen letzten Aufschwung nehmend, eilte der Engel darauf zu. Doch kaum hatte er das märchenhafte Farbengeschiller mit seinen Flügeln berührt, so teilte es sich in kalte, graue Nebel. Da übermannte den Engel eine gräßliche Mattigkeit, so daß er wie ein Toter auf die Erde herabfiel.

Er fiel aus dem Himmel auf die Erde, fiel aus reinem Aether in schwarzen, klebrigen Schlamm. Dort verlor er das Bewußtsein. Als er zu sich kam, da gedachte er sehnsüchtig seiner himmlischen Heimat und wollte ins Paradies zurück. Als er sich jedoch aufzuraffen versuchte, da versagten ihm seine Flügel den Dienst. Angstvoll sah er an sich nieder und merkte mit Entsetzen, daß häßliche schwarze Flecken sein weißes Gefieder beschmutzten. Da wußte er, daß ihm der Weg in die Heimat versperrt war, und eine schreckliche Herzenspein ergriff ihn. Ratlos rang er die Hände und schluchzte.

»Was klagst du?« fragte ihn ein Mann mit einem dicken, grauen Bart, der am Wegsaum kauerte. Er fragte es nicht mitleidig, sondern ungeduldig. Das Wehklagen des Engels rührte ihn nicht, aber es störte ihn. Er war in die Betrachtung eines Rosenkranzes vertieft mit derselben Miene, wie der Alte, den der Engel um Auskunft befragt hatte, in die Betrachtung seiner Fußspitzen.

»Bist du ein Philosoph?« fragte der Engel.

Der Mann bekreuzte sich – »Gott behüte,« rief er, »ich bin ein Mönch!«

»Dann weißt du mir vielleicht zu helfen, denn da du ein Mönch bist, weißt du in göttlichen Dingen Bescheid und wirst mich den Weg zurückfinden lehren in den Himmel!«

Aber der Mönch schüttelte den Kopf. »Man hat mir ihn einmal gezeigt,« sagte er, »aber er war sehr beschwerlich, da habe ich gefragt, ob der Himmel denn nicht auf andre Weise zu erreichen sei. Da sagte man mir, für Leute, die Flügel hätten, wären alle Hindernisse geebnet, die schwängen sich im Augenblick zu den höchsten Zielen empor, und dann riet man mir, ich solle den Rosenkranz beten, vielleicht würden mir die Flügel wachsen. Seitdem sitze ich denn hier und bete den Rosenkranz. Es muß schon lange her sein, wie lange weiß ich nicht, denn das Maß für die Zeit ist mir verloren gegangen, aber Flügel sind mir noch immer keine gewachsen!« – Dann den Engel fester ins Auge fassend, setzte er hinzu: »Aber du hast ja Flügel, was jammerst denn du?«

Der Engel blickte beschämt zu Boden. »Ich kann sie nicht gebrauchen,« murmelte er.

Der Mönch hob den Kopf. »Ah!« sagte er, immer mit derselben Gleichgültigkeit, »ich verstehe jetzt, du bist auch einer von denen, die aus dem Himmel in den Schlamm gefallen sind. Das ist schlimm!«

Der Engel blieb stumm. Nach einem Weilchen hub er von neuem an: »Und gibt es denn nichts auf der Erde, das vermöchte, meine Flügel von den Flecken zu reinigen?«

Der Mönch schüttelte den dicken, grauen Kopf. »Ich habe einmal von etwas gehört, das diese Flecken tilgt,« murmelte er hierauf, »aber ich habe vergessen, was es war – ich habe alles vergessen, was ich je gewußt – ich sitze hier und bete den Rosenkranz und warte auf meine Flügel. Mich um etwas andres zu sorgen, habe ich keine Zeit!« Und dabei versenkte er sich von neuem in die Betrachtung des Rosenkranzes, den er zwischen den Händen hielt, und war für alles, was um ihn herum vorging, blind und taub.

Der Engel aber schluchzte bitterlich. Plötzlich gewahrte er eine hohe Gestalt mit einem lieblichen bleichen, braunumlockten Gesicht. Sie sah ihm zum Verwechseln ähnlich, nur daß sie keine Flügel an den Schultern trug.

»Wer bist du?« fragte der Engel, dem alles neu war auf der Erde.

»Ich bin eine arme Sünderin,« murmelte das Mädchen demütig, »und wer bist du?« fragte es den Engel.

Der Engel klagte ihr's. »Ich bin ein Engel und habe mich auf der Erde verirrt und kann nicht mehr in den Himmel zurück, weil meine Flügel beschmutzt sind. Gibt es denn keine Tautropfen auf der Erde, keine Thräne, die rein genug wäre, den Makel von mir zu tilgen?«

Das bleiche Mädchen schüttelte traurig das Haupt und sprach: »Der Tautropfen, der aus dem holdesten Blumenkelch herausfunkelt, die Thräne, die aus dem edelsten Menschenauge quillt, sind nicht rein genug, dich zu erlösen; doch gibt es fern von hier einen See, der ist mit Gottesthränen angefüllt – den Thränen, die der Heiland seinerzeit über das große Leid der Menschheit geweint und über die Sünde, die mit diesem Leide Hand in Hand geht. Ich bin auf dem Wege dorthin. Willst du mit?«

Sie gingen miteinander – die arme Sünderin und der Engel, langsam und mühsam. Besonders den Engel, der es nicht gewohnt war, zu Fuße zu gehen, kam es hart an, bei jedem Schritt stieß er mit seinen zarten Füßchen gegen einen Stein. Immer wieder versuchte er die Flügel. Aber diese Bewegung verursachte ihm jedesmal gräßlichen Schmerz, und die Flügel fielen doch wieder an ihm nieder wie eine bleierne Last!

Sie waren nicht mehr allein, die Sünderin und der gefallene Engel, viele andre hatten sich ihnen zugesellt, alle sehnsüchtig nach demselben Ziele strebend. Manche hatten Flügel und andre nicht – aber an allen klebten dieselben häßlichen Flecken, auf deren Tilgung sie hofften.

Die Kälte wurde peinlich und das Licht blendend – die Flecken an den Gewändern und Schwingen der müden Wanderer traten immer deutlicher und greller hervor. Sie scheuten sich voreinander, keiner wagte es, den andern anzusehen. Immer schmäler wurde die weiße, kalte Straße – rechts und links gähnte ein schwarzer Abgrund, aus dem Musik hervortönte und in dessen Tiefe man wundersame Dinge zu vernehmen glaubte – und viele der Wanderer strauchelten und stürzten hinab in den Abgrund, weil sie zu schwach waren, um weiter zu gehen – und andre sprangen mit beiden Füßen hinein – die einen, weil die fernen Dinge sie lockten, und andre, weil sie es nicht aushalten konnten vor Scham inmitten der grellen Reinheit, und lieber ihre Flecken verstecken wollten in dem Abgrund, wo alles gleich dunkel war und niemand darauf achtete.

Aber viele erhielten sich aufrecht – unter andern die arme Sünderin und der Engel. Einer stützte den andern, und endlich erreichten sie den See.

Er glänzte so blau wie der Himmel, der sich über ihm wölbte. Der Engel eilte darauf zu, jauchzend – hoffnungsvoll. Wehe! Der See war gefroren!

Am Rande des Sees ausgestreckt lag ein schlafender Genius. Viele Verzweifelnde umkreisten ihn und riefen händeringend: »Wach auf – wach auf!«

Da stellte der Engel seine letzte Frage: »Wer ist der schlafende Genius?« sprach er.

»Der Genius der allbarmherzigen Liebe,« antwortete man ihm; »solange der schläft, taut der See nicht auf, und die Sünde bleibt ungesühnt, und die Tugend unfruchtbar.«

Hierauf begannen die Verzweifelten von neuem den Schlafenden zu umkreisen und ihn anzurufen, aber der Genius regte sich nicht!

Er schläft heute noch!

Ende.

Über tredition

Eigenes Buch veröffentlichen

tredition wurde 2006 in Hamburg gegründet und hat seither mehrere tausend Buchtitel veröffentlicht. Autoren veröffentlichen in wenigen leichten Schritten gedruckte Bücher, e-Books und audio-Books. tredition hat das Ziel, die beste und fairste Veröffentlichungsmöglichkeit für Autoren zu bieten.

tredition wurde mit der Erkenntnis gegründet, dass nur etwa jedes 200. bei Verlagen eingereichte Manuskript veröffentlicht wird. Dabei hat jedes Buch seinen Markt, also seine Leser. tredition sorgt dafür, dass für jedes Buch die Leserschaft auch erreicht wird.

Im einzigartigen Literatur-Netzwerk von tredition bieten zahlreiche Literatur-Partner (das sind Lektoren, Übersetzer, Hörbuchsprecher und Illustratoren) ihre Dienstleistung an, um Manuskripte zu verbessern oder die Vielfalt zu erhöhen. Autoren vereinbaren direkt mit den Literatur-Partnern die Konditionen ihrer Zusammenarbeit und partizipieren gemeinsam am Erfolg des Buches.

Das gesamte Verlagsprogramm von tredition ist bei allen stationären Buchhandlungen und Online-Buchhändlern wie z. B. Amazon erhältlich. e-Books stehen bei den führenden Online-Portalen (z. B. iBookstore von Apple oder Kindle von Amazon) zum Verkauf.

Einfach leicht ein Buch veröffentlichen: **www.tredition.de**

Eigene Buchreihe oder eigenen Verlag gründen

Seit 2009 bietet tredition sein Verlagskonzept auch als sogenanntes "White-Label" an. Das bedeutet, dass andere Unternehmen, Institutionen und Personen risikofrei und unkompliziert selbst zum Herausgeber von Büchern und Buchreihen unter eigener Marke werden können. tredition übernimmt dabei das komplette Herstellungs- und Distributionsrisiko.

Zahlreiche Zeitschriften-, Zeitungs- und Buchverlage, Universitäten, Forschungseinrichtungen u.v.m. nutzen diese Dienstleistung von tredition, um unter eigener Marke ohne Risiko Bücher zu verlegen.

Alle Informationen im Internet: **www.tredition.de/fuer-verlage**

tredition wurde mit mehreren Innovationspreisen ausgezeichnet, u. a. mit dem Webfuture Award und dem Innovationspreis der Buch Digitale.

tredition ist Mitglied im Börsenverein des Deutschen Buchhandels.

Dieses Werk elektronisch lesen

Dieses Werk ist Teil der Gutenberg-DE Edition DVD. Diese enthält das komplette Archiv des Projekt Gutenberg-DE. Die DVD ist im Internet erhältlich auf **http://gutenbergshop.abc.de**

FSC
www.fsc.org
MIX
Papier | Fördert
gute Waldnutzung
FSC® C083411

Zeitfracht Medien GmbH
Ferdinand-Jühlke-Straße 7
99095 Erfurt, Deutschland
produktsicherheit@kolibri360.de